Tom Sawyers eventyr

Mark Twain

# Tom Sawyers eventyr

*på dansk ved*
*F. Bork*

imprimatur

Mark Twain
Tom Sawyers eventyr
på dansk ved F. Bork, 1916
revideret udg. 2020
© 2020 Twain, Mark
Forlag: BoD – Books on Demand, København, Danmark
Tryk: BoD – Books on Demand, Norderstedt, Tyskland
ISBN: 9788743014829

# INDHOLD

Toms eventyr, der fortælles i denne bog, er for størstedelen virkeligt oplevet, enkelte af mig selv, de øvrige af mine skolekammerater. Huck Finn er grebet lige ud af livet, Tom Sawyer ligeledes, dog med den forskel, at karakteregenskaberne hos tre drenge, som jeg kendte, er blevet forenet i fremstillingen af ham.

De mærkelige overtroiske forestillinger, der berøres, var alle udbredte blandt børn og slaver i vesten i den periode, hvori denne fortælling foregår – det vil sige for 30-40 år siden.

Selv om min bog især er tænkt som underholdning for drenge og piger, håber jeg ikke, at mænd og kvinder af den grund vil gå uden om den, for det har været en del af min plan på en behagelig måde at minde de voksne om det, de selv engang har været, og om hvordan de følte og tænkte og talte, og hvad for underlige gøremål de undertiden var beskæftiget med.

Forfatteren
Hartford, 1876

# 1. KAPITEL

„Tom!"

Intet svar.

„Tom!"

Stadig intet svar.

„Hvad mon der dog går af drengen? Tom dog!"

Den gamle dame lod sine briller glide ned på næsespidsen, så ud over dem omkring i værelset, skød dem så op på panden og stirrede igen til alle sider under dem. Det var sjældent, at hun gjorde sig den ulejlighed at se lige gennem dem efter en sådan ubetydelighed som en lille dreng, for det var hendes stadsbriller, hendes hjertes stolthed, som hun kun benyttede mere bestemt til pynt end til nytte; hun kunne for den sags skyld ligeså godt have kigget igennem et par komfurplader. Hun stod et øjeblik tvivlrådig, men sagde så – just ikke i nogen heftig tone, men dog så højt, at alle møblerne i stuen kunne høre hende: „Ja, vent bare, til jeg får fat i dig, min dreng, så – –"

Hun fuldendte ikke sætningen, for hun havde nu bukket sig og var ivrigt beskæftiget med at føle ind under sengen med en kost, men fik ikke andet ud af sine anstrengelser end at få katten jaget ud.

„Jeg har da heller aldrig kendt mage til dreng!"

Hun gik derefter hen i den åbne dør og stirrede ud mellem tomatbuskene og gyvelen, hvilket var alt, hvad der groede i haven. Stadig ingen Tom at øjne! Nu hævede hun endelig stemmen så højt, at den måtte kunne høres i afstand, og råbte: „T-o-m! T-o-m!"

9

Da hørtes der en let støj bagved hende, som fik hende til at vende sig om, netop betids nok til, at hun nåede at gribe en lille dreng i hans trøje og holde ham fast. „Nå, der fik jeg dig da! Du har naturligvis været i spisekammeret igen. Hvad har du nu reddet?"

„Ingenting!"

„Ingenting! Lad mig se dine hænder og din mund. Nå, du ser pæn ud; hvad er det af?"

„Jeg ved det ikke, tante."

„Ja, da skal jeg sige dig det; det er syltetøj – syltetøj, forstår du! Hvor mange gange har jeg dog ikke fortalt dig, at hvis du ikke la'er mit syltetøj være i fred, så får du. Giv mig spanskrøret der."

Spanskrøret svævede over Toms hoved – faren var overvældende!

„Men, tante dog; se der bag ved dig!"

Den gamle dame snurrede sig rask omkring og greb i sin kjole som for at undgå en fare, men i samme øjeblik var drengen langt borte; hun så ham klatre over et højt plankeværk og – borte var fyren! Der stod hun – først lidt forbløffet og ærgerlig, men til sidst brød hun ud i en stille latter.

„Det er dog også en pokkers dreng; men jeg bliver heller aldrig klog! Har han nu ikke længe nok spillet mig på næsen; men gamle tosser er også altid de største tosser! Det er ikke sådan at lære gamle hunde nye kunster, som man siger. Og så er knuden den, at han aldrig laver den samme ballade to gange i træk, nej, stadig noget nyt! Hvordan i al verdens riger skal man da vide, hvad det næste bliver; å ja, å ja!

Han synes næsten altid at vide, hvor langt han tør gå med mig, før jeg bliver vred, og han ved også godt, at når han kan få min opmærksomhed henvendt på noget andet, eller få mig til at le, så slipper han for prygl. Jeg gør ikke min pligt mod den dreng, det er så sandt, som der er en gud til! Spar riset og ødelæg barnet, hedder det jo. Der er en lille djævel i ham, men herregud, han er jo min salig søsters barn, stakkels lille fyr, og jeg har knap hjerte til at daske ham. Hver gang jeg tilgiver ham, siger jeg til mig selv: du gør galt! Og hver gang jeg giver ham prygl, så er det, som mit gamle hjerte skulle briste! Nu går han vel der og spiller klink, jeg bliver virkelig nødt til at lade ham arbejde i morgen til straf for, hvad han har gjort. Det er hårdt nok for ham at arbejde om lørdagen, når alle de andre drenge har fri; han hader at bestille noget, det ved jeg, men jeg må dog gøre min pligt imod ham, ellers er det ikke godt at vide, hvad der da bliver af ham."

Tom spillede altså klink og morede sig storartet. Han kom lige akkurat tids nok hjem til at hjælpe Jim, den lille negerdreng, med at save og kløve brænde før aftensmåltidet – i alt fald kom han da tidligt nok til at stå og fortælle Jim, hvad han havde bedrevet i dag, imens Jim udførte det meste af arbejdet.

Toms yngre broder (halvbroder) Sid var allerede færdig med sin del af arbejdet – at samle spåner –, for han var en stille og rolig dreng, der ikke havde alle de spilopper i hovedet som broderen. Mens Tom nu spiste sin aftensmad og reddede sig et stykke sukker, når der var lejlighed dertil, pumpede tante Polly ham på en fin måde – for hun ville gerne se at fange ham i nogle af hans sidste bedrifter. Som så mange andre skikkelige gamle damer var det hendes forfængelighed at prale af, at hun besad et vist talent for at tale i gåder, og mente, at hendes, for resten let gennemskuelige, udfritninger var sande vidundere af snu listighed.

Således prøvede hun på at fange ham ved at sige: „Det var vel meget varmt i skolen i dag, Tom?"

„Ja, voldsomt, tante."

„Så havde du vel svær lyst til at gå i vandet, Tom?"

Tom havde en svag følelse af, at der lå noget bag ved dette

11

spørgsmål – han blev derfor mistænksom og svarede ganske langsomt: „Å – ja, – det kunne vist have været meget rart."

Den gamle dame gav sig til at føle på Toms skjortekrave og sagde: „Men nu er du jo ikke videre varm, vel?"

Det smigrede hendes forfængelighed, at hun havde opdaget, at skjorten virkelig var tør, uden at nogen mærkede hendes egentlige hensigt dermed. Dog Tom mærkede straks, fra hvilket hjørne vinden blæste, besluttede at komme hende i forkøbet og sagde:

„Der var nogle af os, der pumpede vand på hovedet af hinanden – mit er endnu ganske fugtigt; vil du se?"

Tante Polly ærgrede sig, fordi hun havde overset denne lille omstændighed og altså, som man siger, tabt det første træk. Men så fik hun en lys tanke: „Tom, du havde da ikke haft nødig at rive din påsyede krave af, fordi der bliver pumpet vand på dit hoved. Knap din trøje op!"

Nu klarede det for Tom. Han knappede trøjen op, og det viste sig, at kraven sad forsvarlig fast.

„Nå, ja, stik da af med dig. Jeg ville bare være sikker på, om du både havde spillet klink og været ude at svømme; men denne gang tilgiver jeg dig. Du er, hvad man kalder en sveden kat, men pas på, jeg skal nok fange dig en anden gang."

Her afbrød Sidney hende: „Hør, tante, jeg syntes, du syede kraven fast med hvid tråd, men den der er sort."

„Ja, jeg syede virkelig med hvid tråd, Tom."

Men Tom havde ingen lyst til at vente på, hvad han vidste der ville komme. Han ilede skyndsomt bort, men sagde idet han forsvandt: „Siddy, jeg skal huske dig det!"

Så snart Tom var i sikkerhed, betragtede han nøje to store nåle, som sad i foret på hans trøje; den ene var forsynet med en sort ende tråd, den anden med en hvid.

„Det havde hun aldrig i evighed opdaget, når Sid ikke havde været. Det er også forbistret, at hun somme tider bruger sort og til andre tider hvid tråd – jeg kan ikke holde rede derpå – blot hun ville holde sig til en af delene. Men jeg skal ikke glemme Sid det, det kan han være sikker på!"

Dog varede det ikke længe, før han havde glemt både sine bekymringer og sin vrede. Nye interesser jog bekymringerne bort, ganske som menneskets sorger glemmes, når nye foretagender beskæftiger hans sind. En neger, der gik forbi i nogen afstand, havde fløjtet på en særlig aparte måde, og det måtte vor Tom se at få lært. Han øvede sig en stund, og snart kunne han til fuldkommenhed frembringe nogle liflige toner, der lignede visse fugles kvidder, en slags smeltende triller, der frembragtes ved at lade tungen med mellemrum støde an mod ganen. Stolt vandrede han nu ned ad gaden, fløjtende af fuld hals; han følte sig næsten som en astronom, der havde fundet en ny komet!

Sommeraftenerne var endnu lange, det var endnu ganske lyst. På en gang sagtnede Tom sin fløjten; der stod en fremmed foran ham – en dreng, lidt større end han selv – en ganske ny fremtoning i den lille landsby Petersburg. Drengen var fin i tøjet – og det endog på en hverdag – det var egentlig forbavsende! Han havde sko på fødderne, og det var kun fredag i dag; han bar slips og havde noget vist hovedstadsmæssigt over sig, som ærgrede Tom lige ind til sjælen! Jo mere Tom stirrede på denne glimrende sommerfugl, jo mere han rynkede på næsen af denne pyntedukke, des mere pjaltede og forslidte syntes hans egne klæder ham. Ingen af drengene sagde noget; når den ene rørte sig, gjorde den anden ligeså, men det gik kun sideværts, rundt i en cirkelbue! Den ene så den anden stift ind i øjnene. Endelig begyndte Tom:

„Jeg kan tampe dig!"

„Det var sjov, hvis du ville prøve derpå."

„Ja, jeg *kan* gøre det."

„Det kan du vel ikke?"

„Jo."

„Nej."

„Jo."

„Det kan du ikke."

„Jo."

„Ja, prøv blot."

En uhyggelig pause. Så begyndte Tom igen: „Hvad hedder du?"

„Hvad rager det dig?"

„Du kan tro, det rager mig, og det skal jeg vise dig."

„Så vis det da."

„Hvis du igen kommer med mer, så skal jeg gøre det."

„Nå, mer – mer – mer! Hvad vil du så mer?"

„Å, du tror vist, at du er en svært vittig hund, ikke sandt? Jeg kunne let klø dig, selv om de bandt den ene hånd på ryggen af mig, hvis jeg havde lyst."

„Så-å! Men så gør det da! Hvorfor gør du det da ikke?"

„Jeg gør det også, dersom du bliver ved at gøre nar."

„Du er en løgnhals!"

„Det kan du selv være."

„Du tør ikke slås."

„Hvis du kommer med mer af den sludder, så skal jeg knuse en sten på dit hoved!"

„Ja, det kan du jo let, ikke sandt?"

„Det kan jeg."

„Hvorfor gør du det så ikke? Hvorfor siger du altid, at du vil; gør det så! Nej, du er bange, er du!"

„Jeg er ikke bange."

„Det er du."

„Nej."

Atter en pause; begge kæmperne stirrede hinanden rasende i øjnene og vedblev at snige sig rundt om hinanden. Nu stod de næsten skulder mod skulder. Så sagde Tom: „Gå væk herfra!"

„ Du kan selv gå væk!"

„Men det vil jeg bare ikke."

„Jeg heller ikke."

Så stødte de endelig mod hinanden og tog livtag, indtil de blev både forpustede og trætte, hvorpå de trak sig bort fra hinanden, mens Tom foragteligt bemærkede: „Du er en kujon – en ussel hvalp! Jeg skal sige det til min storebror, han kan let kværke dig med sin lillefinger, og han vil også gøre det."

„Hvad bryder jeg mig om din storebroder? Jeg har en broder, der er meget større end din; han kan kaste din over et hus som en sveske." (Ingen af dem havde nogen stor broder!)

„Det er løgn."

„Fordi du siger løgn, kan det godt være sandt."

Tom ridsede en streg i gadestøvet med sin store tå og sagde: „Du kan prøve på at gå over denne streg, så tærsker jeg dig, til du ikke kan røre dig!"

Den nye dreng trådte straks over stregen og sagde: „Nu har du sagt, at du vil gøre det, – gør det så!"

„Kom mig ikke for nær, det råder jeg dig."

„Du sagde, du ville gøre det – hvorfor gør du det så ikke?"

„Du kan tage gift på, at jeg vil gøre det for to øre."

Den nye dreng trak to nye kobbermønter op af sin lomme og holdt dem frem; Tom slog dem straks ud af hånden på ham.

Et øjeblik efter rullede begge drengene om i vejstøvet, rev og flåede i hinandens hår og klæder, uddelte knubs og slag efter noder og bedækkede hinanden med hæder og vejstøv. Endelig antog forvirringen dog fastere former, og gennem slagets tåger fik man øje på Tom, der sad på skrævs over den nye dreng og dunkede ham dygtigt med sine knoer.

„Har du snart fået nok?" sagde han.

Drengen anstrengte sig for at komme fri; han græd af arrigskab.

„Har du snart fået nok?" og Tom vedblev at dunke.

Endelig hørtes et svagt „Nok!", og Tom lod ham rejse sig, idet han sagde: „Det skal lære dig at se efter, hvem du en anden gang gør nar ad."

Den nye dreng snøftede og pustede, bankede støvet af sig, gik langsomt bort, mens han en gang imellem så sig om, rystede på hovedet og truede med, at han skulle vise Tom noget andet, næste gang han traf ham. Tom svarede blot med at råbe hurra og løb bort i strålende humør. Næppe havde han vendt den nye dreng ryggen, før denne greb en sten og kastede den efter Tom; den ramte ham mellem skuldrene, men drengen vendte sig hurtig om og løb bort med en fart som nogen væddeløber. Tom forfulgte forræderen lige til dennes hjem og fik derved at vide, hvor han boede. Han stillede sig op uden for stakittet og opfordrede ham med høj røst til at vise sig, men drengen rakte kun tunge ad ham indenfor vinduet og kom ikke ud. Til sidst viste fjendens moder sig, skældte Tom ud for en slem, ondsindet, gemen dreng og jog ham bort. Han gik da sin vej, men lovede, at han nok skulle huske den fine fyr.

Han kom temmelig sent hjem den aften; men da han forsigtigt ville kravle ind ad vinduet, faldt han lige i armene på sin tante. Da denne så, i hvilken tilstand hans klæder var, besluttede hun, at hans lørdagsferie alligevel skulle benyttes til strengt arbejde, og denne beslutning holdt hun fast på.

## 2. KAPITEL

Lørdag morgen oprandt med det mest strålende, friske sommervejr, som man kunne ønske sig. Luften var klar og ren, opfyldt af blomsternes duft, og der var fryd og glæde i hvert bankende barnehjerte.

Vor ven Tom kom langsomt gående ad gangstien med en

spand kalkvand i den ene og en kalkkost i den anden hånd. Han kastede et hurtigt blik hen langs plankeværket, men al hans glæde svandt bort og en følelse af dyb melankoli lagde sig over hans sind: 30 favne plankeværk, 9 fod højt! Det forekom ham, at hele livet blev forfærdelig tomt, og at det at leve blev ham en tung byrde. Med et dybt suk dyppede han sin kost i spanden og lod den glide hen langs det øverste bræt; så tog han atter et strøg og så et til, sammenlignede den lille ubetydelige hvidtede plet med hele den lange øde strækning af det endnu ikke hvidtede plankeværk og satte sig så fortabt ned på en kasse tæt ved. I dette øjeblik kom negerdrengen Jim løbende ud af porten med en blikspand i hånden, syngende af fuld hals. Det havde altid været meget ubehageligt for Tom at hente vand fra landsbyens brønd, men nu stod det ikke således for ham; han huskede, at der altid var selskab at få ved brønden; både drenge og piger morede sig storartet derhenne. Jim var sjældent kommet tilbage fra brønden før efter en times forløb, som oftest blev der sendt bud efter ham.

„Hør du, Jim, jeg vil hente vandet for dig, hvis du så vil hvidte plankeværk i mit sted."

Jim rystede på hovedet og sagde: „Mig tør ikke, massa Tom, gamle missus mig sige: gå og hente vand og ikke gå og tosse omkring bagefter. Hun sige, hun tænke massa Tom mig bede hvidte plankeværk, men mig passe min egen forretning; hun sige, hun nok selv passe på hvidtning."

„Å, hvem bryder sig om, hvad hun siger, Jim. Sådan snakker hun altid. Lad bare mig få blikspanden – jeg er her om et minut igen – det får hun da aldrig at vide."

„O, mig tør ikke, massa Tom, gamle missus rive mig ho'det af – det gør hun!"

„Hun! nej, hun slår ingen – prikker blot lidt oven i hovedet med sit fingerbøl, og hvem tror du, der bryder sig om det! Hun snakker bare, gør hun – men snak dør man da ikke af.

Hør, Jim, du skal få en marmorkugle – en fin, hvid, du!"

Jim begyndte at vakle.

„Den smukkeste, jeg har – den er vældig stor."

„Ja, det er ellers en dejlig marmor den – dog mig ikke tør for gamle missus, massa Tom!"

Men Jim var nu alligevel ikke mer end et menneske – marmorkuglen kunne han ikke stå for, og kort efter satte han sin spand og greb efter den hvide kugle. Dog i næste nu fløj han ned ad gaden med spanden raslende efter sig, Tom hvidtede med uforstyrret ro og iver, og tante Polly, der uventet var kommet til syne, lo stille og vendte roligt tilbage til huset med sin tøffel i hånden og fryd i sit hjerte.

Det varede dog ikke længe, før Toms iver atter var kølnet. Han begyndte at tænke på alle de løjer og fornøjelser, som han i dag kunne have haft, og jo mere han tænkte, jo ærgerligere blev han. Snart ville drengene begynde at komme her forbi og ville da ordentlig gøre nar ad ham, fordi han stod her og sled i det – alene tanken herom gjorde ham helt ude af sig selv. Han trak alle sine jordiske ejendele frem af lommen og gav sig til at undersøge dem – der var stumper af legetøj, marmorkugler, sejlgarn og andet mere, måske nok til at få et øjebliks puste-rum i bytte derfor, men ikke nok til at tilbytte sig blot en halv times fuldstændig frihed. Men pludselig fik han en idé – en storartet brillant idé; han tog atter fat på sin kost og gav sig ro-lig til at arbejde videre. Ben Rogers viste sig i det fjerne; det var den af alle drengene, hvis spot han mest havde frygtet. Bens måde at skride frem på var altid noget uensartet: et hop, en gliden frem og så et langt spring – alt sammen bevis på, at hans sind var let, og at han gav alle bekymringer og sorger en god dag. Han gumlede på et æble, men gav af og til sit hjerte luft i en slags lang, klingrende hujen, der med regelmæssige mellemrum blev efterfulgt af et: ding, dong, dong – ding, dong, dong; han forestillede nemlig i øjeblikket „en dampbåd"! Eftersom han kom nærmere, mindskede han farten, spankede ud ad midten af gaden, krængede stærkt over mod styrbord og rundede endelig til med et stort sving og nogle voldsomme bevægelser med armene, for han forestillede netop damperen „Store Missouri", der stak omtrent ni fod i dybden. Han var både damper, kaptajn og maskinklokke på én gang og lod, som han stod på sit eget dæk og både gav og udførte ordrerne.

„Stop! Lingelingeling!" Farten var nu næsten stoppet, og han skred ganske langsomt ind på gangstien. „Bak et slag! Lingelingeling!" han udstrakte armene og lod dem i samme stilling falde ned langs siden. „Et slag bak om styrbord! Lingelingeling! Pow, pow, pow!" – Imidlertid beskrev hans højre hånd langsomt store cirkler i luften – han var jo nu det store dampskibshjul. „Så – et slag bak om bagbord! Lingelingeling – pow, pow, pow!" Nu begyndte den venstre hånd at beskrive cirkler.

„Stop, styrbord! Lingelingeling! Stop, bagbord! Slag frem om styrbord! Stop! Lingelingeling! Pow, pow, pow! Ud med fortrossen, nu lidt kvik! Kom så her med det spring – hvad er der i vejen der? Tag tørn med bugten af trossen! Så ud med broen – ud med den! Alt vel i maskinen! Lingelingeling! Puisse – puisse! (Dampen går!)"

Tom vedblev rolig at hvidte væk uden at lade sig forstyrre af dampbådens ankomst. Ben stirrede et øjeblik på ham, så fór det ud af ham: „Hi, hi, hi! Nu har jeg set det med! Du er en knop, er du!"

Intet svar. Tom lagde hovedet på siden og betragtede det sidst udførte stykke med en kendermine, så gav han det atter et lille strøg og betragtede så igen sit værk. Ben var nu kommet op på siden af ham. Toms tænder løb i vand ved synet af æblet, men han lod som ingenting og arbejdede trøstig væk.

Endelig udbrød Ben: „Hallo, gamle fyr; du har nok travlt, ikke?"

„Å, er det dig, Ben! Jeg så dig skam ikke!"

„Hør, jeg vil ud at svømme, du; du ville vel gerne med, hvad? Men måske vil du hellere blive ved at slide i det, ikke?"

Tom så et øjeblik op og ned ad fyren og sagde så meget alvorligt: „Hvad mener du egentlig med at slide?"

„Ja, er det der ikke slid, hvad?"

Tom genoptog arbejdet og svarede med en ligegyldig mine: „Det kan man måske gerne kalde det, men jeg siger blot, det morer nu Tom Sawyer!"

„Å, lad være! Du vil da ikke komme her og fortælle mig, at det virkelig morer dig?"

Kosten vedblev sin støtte gang hen over plankeværket.

„Om det morer mig? Ja, jeg kan egentlig ikke indse, hvorfor det ikke skulle være morsomt. Tror du, at en dreng hver dag får lov til at hvidte et plankeværk; nej, du kan tro nej."

Det var at se sagen i et helt nyt lys; Ben holdt op med at gnaske på sit æble; Tom bevægede kosten langsomt frem og tilbage på brættet – trådte så af og til et skridt tilbage for at bedømme sit arbejde – føjede et strøg til hist og her – Ben stod stille og iagttog enhver af hans bevægelser og fik mere og mere interesse for arbejdet. Endelig sagde han: „Hør Tom, lad mig prøve at hvidte en smule."

Tom var ganske vist nok tilbøjelig til at lade ham prøve, men betænkte sig dog alligevel. „Nej, nej; det går aldrig i evighed, Ben. Jeg skal sige dig: tante Polly er forfærdelig nøjeregnende med dette plankeværk netop her ud mod gaden, forstår du – ja hvis det havde været ud mod marken, havde jeg ikke haft noget derimod, og hun sikkert heller ikke. Jo, hun er forfærdelig nøjeregnende med sit plankeværk; det skal gøres meget omhyggeligt; jeg antager ikke der er én dreng mellem tusinde, ja mellem to tusinde, som kan hvidte et plankeværk som det bør hvidtes."

„Nej, virkelig. Men lad mig kun prøve, å hvad! Bare en lille smule; hvis jeg var dig, Tom, ville jeg lade dig prøve."

„Ben, det ville jeg også, gamle indianer; men tante Polly – nå, Jim havde også svær lyst, men han fik ikke lov. Sid ville også gerne – heller ikke han måtte; der kan du se, hvordan jeg er stillet. Hvis du nu smurte dette plankeværk og der skete noget, et eller andet, forstår du – –"

„Å, jeg skulle nok passe på; lad mig nu bare prøve – det kan du godt, jeg vil give dig et bid af mit æble."

„Lad gå; nej, Ben, det går ikke an – jeg er bange –."

„Du skal få det hele."

Tom opgav sin modstand og rakte ham nu kosten, med påtagen modstræben, men indvendig opfyldt af glæde, og mens nu den forrige damper „Store Missouri" sled i det og svedte som et asen i den brændende sol, havde den ferierende kunstner taget plads på en tønde, der lå tæt ved i skyggen, gumlede væk på sit æble og lagde store planer om at komme enfoldigheden til livs. Han manglede heller ikke ofre; der kom drenge nok forbi; de begyndte med at gøre nar ad ham og endte med at hvidte hans plankeværk! Før eftermiddagen var halvt forbi, var Tom fra en ussel fattig stymper forvandlet til en meget velhavende ung mand. Foruden de sager, jeg allerede har omtalt, havde han erhvervet sig tolv marmorkugler, et stykke af en mundharmonika, et stykke blåt glas til at se igennem, en væverspole, en nøgle, som ikke kunne lukke op, et stykke gips, en glasprop, en tinsoldat, to haletudser, seks kinesere, en killing med ét øje, et messing dørgreb, et hundehalsbånd uden hund, skaftet til en kniv, fire stykker appelsinskal og et gammelt vinduesbeslag. Han havde desuden tilbragt en behagelig, stille, rolig tid – haft selskab nok og plankeværket havde fået tre overgange hvidtning! Dersom han ikke var blevet læns for kalkvand, ville han til sidst have ruineret hver eneste dreng i landsbyen.

# 3. KAPITEL

Tom fandt omsider, at det nu kunne være passende at præsentere sig for tante Polly, der sad ved det åbne vindue i sin hyggelige lille stue. Varmen, stilheden, blomsterduften og biernes gemytlige summen havde øvet deres virkning og hun sad nu og smånikkede over sit strikketøj. Hendes briller var for sikkerheds skyld skudt højt op på hendes grå hoved. Hun havde naturligvis tænkt, at Tom for længe siden var løbet sin vej og blev derfor glædeligt overrasket ved at se, at han stillede så uforfærdet under hendes vindue.

„Må jeg så gå ud at lege, tante?"

„Hvad, allerede? Hvor langt er du kommet?"

„Jeg er færdig."

„Tom, kom nu ikke her og lyv for mig; jeg kan så dårlig tåle det."

„Det er virkelig sandt, tante; arbejdet er færdigt."

Tante Polly stolede ikke rigtig på mester Tom og gik selv ud for at se, om det var sandt. Men da hun ikke alene fandt hele plankeværket hvidtet én gang, men at det endog havde fået både to og tre gange, så kunne hun næsten ikke sige et ord af bare forundring.

„Nej, nu har jeg dog aldrig kendt mage! Det har du ikke snydt dig fra, Tom; *du kan* altså godt arbejde, når du vil. Desværre må jeg sige, at det er sjældent, meget sjældent, at du har lyst. Nå, gå så da kun ud og leg; men glem nu ikke at komme tilbage en gang i denne uge, ellers vanker der."

Hun var tillige så betaget over den bedrift, han havde udført, at hun først tog ham med ind i spisekammeret og gav ham et dejligt stort æble, som hun ledsagede med gode formaninger og løfte om flere æbler, hvis han stadig forbedrede sig. Da hun næsten var færdig med sit foredrag, så Tom lejlighed til ganske stille at „hugge" en pebernød.

Derpå skyndte han sig ud, men fik i det samme øje på Sid, der løb op ad bagtrappen. Der var jordklumper nok i nærheden og snart kom de flyvende omkring Sid som et haglvejr; seks à syv ramte, men inden tante Polly kunne få sig samlet sammen og ile til hjælp, var Tom over plankeværket og langt borte. Hans sjæl havde nu fået ro, for han havde fået hævn over Sid for historien med den sorte sytråd!

Tom løb om hjørnet af huset og kom først ind i et snavset stræde, der løb bag om tantens kostald. Her var han nu godt af vejen, både hvad straf og kalden tilbage angik, og hans vej førte ham hurtigt hen til landsbyens torv, hvor to hold af byens drenge ofte samledes for at kæmpe mod hinanden. Tom var anfører for den ene armé, Joe Harper (hans bedste ven) anfører for den anden. Disse to store hærførere nedlod sig naturligvis ikke til at kæmpe i egen person – det overlod de til deres underordnede. Selv satte de sig på en grøftevold, hvorfra de ledte slagets gang ved hjælp af deres adjudanter. Toms armé vandt efter en lang og hidsig kamp en glimrende sejr. Så blev de døde optalt, der blev udvekslet fanger, vilkårene for den næste kamp blev drøftet og den næste slagdag fastsat, hvorpå begge armeer formerede linje og marcherede bort.

Da Tom på hjemvejen kom forbi det hus, hvor herredsfoged Thatcher boede, opdagede han i haven en pige, som han ikke kendte – en sød lille blåøjet skabning, vis lange gule hår faldt i to fletninger ned ad ryggen. Hun havde hvid kjole på og broderede mamelukker. Vor nylig sejrskronede helt følte sig straks som ramt af en kugle! En vis Amy Lawrence var fra nu af forsvundet fra hans hjertes indre gemakker; ikke spor var der mere tilbage af hende! Han havde hidtil troet, at han elskede hende til raseri; han havde kuret til hende og tilbedt hende, men nu var det hele som dunstet bort. Han havde været måneder om at vinde Amy; han havde været verdens lykkeligste dreng i hele syv korte dage og nu – nu var hun i et øjeblik, et sekund som blæst ud af hans hjerte!

Med et lønligt sideblik iagttog han nu denne nyopdukkende stjerne, indtil han endelig så, at hun også lagde mærke til ham; så lod han som om, hun slet ikke var til stede, og begyndte at „vise sig" på drenges sædvanlige dumme manér, blot for at vække hendes beundring. Det vedblev han med en tid, men som han var midt inde i en af sine store gymnastiske præstationer, opdagede han pludselig til sin fortrydelse, at den lille pige havde vendt ham ryggen og var i færd med at gå ind i huset. Tom løb op til lågen, lænede sig til den og sukkede dybt. Den lille pige gik hen imod døren, dog før hun trådte over dørtærskelen, kastede hun en stedmodersblomst over stakittet. Tom løb til og satte sin nøgne fod på den, så sig om, om nogen så det, tog den langsomt op mellem tæerne og hoppede nu på ét ben rundt om havehjørnet. Her tog han blomsten op, stak den indenfor sin jakke, nær hjertet – eller måske også nær maven, for han var nu ikke så nøje inde i anatomien –, og blev så ved at gå udenfor havehegnet lige til mørket faldt på, i det håb, at han mulig endnu kunne få et glimt af hende at se. Hun viste sig dog ikke, og stakkels Tom måtte gå skuffet hjem.

Under aftensmåltidet var Tom i en så løftet stemning, at tanten slet ikke kunne forstå, hvad der gik af drengen. Han tog roligt imod de skænd, han fik, fordi han havde kastet jordklumper efter Sid; han forsøgte at stjæle sukker lige for tante Pollys øjne og fik sine knubs derfor, men sagde blot i en blid tone: „Tante, du slår aldrig Sid, når han tager sukker."

„Nej, Sid driller mig aldrig i den grad, som du; du havde aldrig fingrene af sukkerskålen, hvis jeg ikke passede på."

Straks efter gik hun ud i køkkenet, og Sid, der følte sig stolt af det tillidsvotum, tanten her havde givet ham, stak straks hånden ned i sukkerskålen ligesom for at triumfere over Tom. Men hans finger gled, han stødte til skålen, og der lå den med sit indhold på gulvet og var gået i mange stykker!

Tom var henrykt – ja, så henrykt, at han tav fuldstændig stille og lovede sig selv at han ikke ville sige noget derom, før han blev spurgt. Nu kom den gamle dame ind og stirrede, bleg af vrede, på de ødelagte rester af hendes gode sukkerskål. Tom sagde til sig selv: nu kommer det! Ja, det kom også, for i næste øjeblik lå han sprællende på gulvet, mens tantens opløftede hånd var rede til at falde straffende ned. Men nu var det på tide for Tom at skrige op: „Lad være, hvad slår du mig for? Det var Sid, der rev skålen ned!" Tante Polly standsede lidt forlegen, og Tom ventede næsten, at hun ville lægge et lægende barmhjertighedsplaster over ham. Men ikke så snart havde hun genvundet mælet, før hun udbrød: „Jo pyt! De prygl har du vist ærligt fortjent, om ikke for dette, så for noget andet."

Straks efter fik hun imidlertid samvittighedsnag og længtes egentlig efter at sige drengen et par milde og tilgivende ord; men da ville han uden tvivl tro, at hun selv mente at have taget fejl, og det var vel ikke heldigt for disciplinens opretholdelse; derfor tav hun og gik bort til sit arbejde med sorg i hjertet. Tom surmulede i et hjørne, gav den uskyldige, og søgte at gøre den pine, han led, så stor som muligt. Han vidste godt, at hans tante i hjertet bad ham om tilgivelse, og han var glad ved at have denne bevidsthed; men han ville dog ikke hejse nogen venskabsfane, ville ikke tale til nogen. Han forestillede sig, hvorledes han lå på sit sygeleje og tanten stod bøjet over ham og tryglede om et lille tilgivende ord; men han ville vende sig om mod væggen og dø uden at have sagt dette ord! Han sad således længe i sin krog og berusede sig i sine fantasterier; han fandt, at hans sorger var alt for hellige til, at de således skulle besudles af ydre oplivende påvirkninger, for da senere hans kusine Mary kom dansende ind, glad og jublende over atter at være hjemme efter en lang uges besøg på landet, så stod vor ven op og gik i mørk fortvivlelse ud af den ene dør, lige som hun lystig og glad hoppede ind ad den anden!

# 4. KAPITEL

Atter stod solen op og udgød sit klare lys over den fredelige landsby. Da frokosten var spist, holdt tante Polly familieandagt; denne begyndte med en bøn, sammensat af forskellige bibelske citater og muret op med små lag af kristelige sentenser fra tante selv; derefter serverede hun som dessert et helt kapitel af en af mosebøgerne.

Så skulle Tom til at lære sine bibelvers – Sid havde allerede lært sine flere dage i forvejen. Tom stak dybt ned i sin huskekiste for at få fat i de 4 vers, han havde valgt, de korteste han i øjeblikket kunne finde.

Efter en halv times forløb havde han nået at få en ganske almindelig forestilling om indholdet, men heller ikke mere, for hans tanker vankede så viden om, og hans hænder havde bestandig travlt med et eller andet, der afledte hans opmærksomhed. Mary tog bogen for at høre ham, og han skulle nu prøve at finde vejen gennem dette vildsomme tågehav. Men Tom stammede og hakkede i det og kunne ikke en linje.

„Du kunne også gerne hjælpe mig, Mary! Hvorfor er du så krakilsk?"

„Å, dit lille tykhoved, jeg er slet ikke krakilsk. Se hellere at læse det om igen. Tab nu bare ikke modet, Tom, du kommer nok igennem det – når du kan det, skal jeg forære dig noget, noget rigtig fint; vær nu en god dreng."

„Lad gå! Men hvad er det, jeg skal have; sig mig det, Mary."

„Det får du ikke at vide nu, Tom, når jeg siger det er fint, så er det fint."

Han kilede på igen; og under den dobbelte virkning af nysgerrighed og udsigten til gevinst lærte han hurtigt sine vers.

Mary overrakte ham da en splinterny „barlowkniv" til 50 øre; og denne gave satte ham næsten i en tilstand af vanvittig henrykkelse. Skønt kniven langtfra var skarp, så lykkedes det dog Tom at frembringe nogle dejlige dybe ridser i buffeten, og han var også godt i gang med skrivebordet, da der blev kaldt på ham for at han skulle klædes om til søndagsskolen.

Mary satte et blikfad med vand tilligemed et stykke sæbe foran ham på den lille bænk udenfor døren; først dyppede han sæben i vandet og lagde det stille hen igen; derpå smøgede han sine ærmer op, hældte vandet ganske forsigtig ud på jorden og gik så ind i køkkenet, hvor han ivrigt begyndte at gnide sit ansigt med håndklædet. Men Mary rev det fra ham og udbrød: „Skammer du dig da ikke, Tom? Du er virkelig en styg dreng; har du måske skade af en smule vand?" Tom følte sig lidt forlegen. Blikfadet blev atter fyldt; han stod først en lille stund og betænkte sig, men endelig tog han en kraftig beslutning og begyndte den store vaskeproces. Da han kort efter atter trådte ind i køkkenet, flød sæbeskum og vand ham ned ad ansigtet og med tillukkede øjne ravede han omkring efter håndklædet. Men efter at han havde benyttet det, viste resultatet sig dog ikke ganske tilfredsstillende; den del af ansigtet, som skulle kaldes ren, nåede ikke længer end til midt på hagen og op langs kæberne. Udover denne linje lå et mørkt vildnis af uopdyrket jord, der bredte sig både foran og bagved til langt ned på halsen. Mary tog ham derfor under behandling, og da hun var færdig, var han også ren og pæn, håret redt op i en kam og krøllerne smukt ordnede. Så fik Mary hans søndagstøj frem, knappede hans trøje, vendte skjortelinningen ud over trøjekraven, børstede ham og satte en ny sort og hvidstribet stråhat på hans hoved. Han lignede nu en ny og forbedret udgave af vor tidligere ven Tom Sawyer, men hans mine var absolut ikke tilfreds i samme grad som hans udseende. Det at skulle tvinges til at vaske sig og have rene klæder på, fordærvede ganske hans gode humør. Han håbede næsten også så småt på, at Mary skulle glemme hans sko, men håbet glippede, før han så sig om, stod de foran ham, dygtig indsmurte i fedtsmørelse.

Tom blev nu gnaven for alvor og spurgte, hvorfor han altid skulle gøre netop det, han ingen lyst havde til. Men Mary sagde overtalende: „Vær nu en god dreng, Tom, og tag dem på."

Efter nogen mukken fik han dem da på, og de tre børn begav sig af sted til søndagsskolen, et sted, som Tom hadede af sit ganske hjerte.

Skoletiden varede fra 9 til 10½, og så kom gudstjenesten. Kun få af børnene bivånede gudstjenesten, fordi de havde lyst, de andre blev der vel – men af andre grunde. Selve bygningen var en tarvelig trækirke med et lille tårn. Ved Døren trådte Tom et skridt tilbage og gav sig i snak med en søndagsklædt kammerat.

„Hør du, Bill, har du et gult kort?"

„Ja."

„Hvad vil du have for det?"

„Ja, hvad giver du?"

„Et stykke lakrids og en fiskekrog."

„Lad mig se dem."

Tom kom frem med sine skatte, den anden fandt dem antagelige, og byttet var gjort. Så fik han tre røde kort for to hvide marmorkugler og gav en anden ubetydelighed for to blå. Han standsede endnu flere drenge og vedblev en stund at tiltuske sig flere kort af forskellige farver. Derpå gik han ind i kirken, fulgt af en flok pyntede og støjende drenge og piger, indtog sin plads og begyndte straks en strid med den første den bedste dreng. Læreren, en ældre, alvorligt udseende mand, tyssede på dem; men da han vendte sig bort, trak Tom hurtig en dreng i håret, der sad på bænken foran ham, men sad dog straks efter fordybet i sin bog, da drengen vendte sig om. Derpå prikkede han en anden dreng i siden med en knappenål for at få ham til at skrige „av!" – atter en irettesættelse af læreren! Toms hele klasse var drenge af samme mønster – urolige, støjende og dovne. Når de skulle høres i deres lektier, var der ingen af dem, der kunne noget, men der var altid en eller anden af de andre, der i smug hjalp den, der var oppe. Belønningen gaves i form af et lille blåt kort med et skriftsted på; hvert kort var betaling for at fremsige to udenad lærte vers. Ti blå kort gjaldt det samme som ét rødt og kunne blive vekslet med et sådant; ti røde gjaldt det samme som et gult; for ti gule kort gav forstanderen eleven en pænt indbunden bibel.

På denne måde havde Mary tjent sig til to hele bibler – et tålmodighedsarbejde på to år; en dreng fra en tysk menighed havde endog erhvervet fem bibler; han opremsede en gang 3000 vers uden at standse, men han havde også anstrengt sin hjerne så meget, at han fra den dag ikke var stort andet end idiot. De ældste drenge lykkedes det undertiden at få en bibel, ja selv Tom havde længe haft den hæder og berømmelse i kikkerten, som uvægerlig fulgte med besiddelsen af en bibel.

Forstanderen, hr. Walters, var nu trådt op på katederet med en meget alvorlig og værdig mine og begyndte sin tale således: „Ja, børn, jeg vil nu gerne have, at I sidder så pænt og så roligt, som I kan, og hører godt efter, hvad jeg vil sige jer. Det var ret. Således skal små drenge og piger altid bære sig ad. Der er en lille pige, der sidder og ser ud af vinduet – jeg er bange for, at hun tror, at jeg er der ude, måske oppe i et af træerne for at holde tale for de små fugle (sagte latter)! Men jeg vil sige jer, hvor det glæder mig at se så mange pæne, rene små ansigter samlet på dette sted, hvor de skal lære at blive gode mennesker og gøre, hvad ret er." Således blev han længe ved; hans tale var efter det mønster, vi alle kender.

Endelig blev han færdig. Under hans tale var der trådt flere besøgende ind. Der var således sagfører Thatcher, ledsaget af en ældre, tilsyneladende noget svag mand, en elegant midaldrende mand med gråt hår og en imponerende dame, der så ud til at være sidstnævnte gentlemans hustru. Damen havde et barn ved hånden. Tom havde længe været meget urolig –

samvittigheden havde pint ham – han turde ikke møde Amy Lawrences blik – ikke udholde hendes kærlighedsfulde øjnes stråler; men da han så den lille nyankomne pige træde ind, svulmede hans sjæl straks af salige følelser! I næste sekund viste han sig i al sin drengeagtige vigtighed – han stødte drengene i nakken, trak dem i håret, skar ansigter, benyttede med et ord alle midler, som forelskede skoledrenge bruger for at fortrylle deres flamme og vække hendes beundring. Kun én lille sky fordunklede hans glædes himmel – det var erindringen om den ydmygelse, han havde været genstand for i den tilbedtes have.

De fremmede havde alle besat hæderspladserne, og så snart hr. Walters havde endt sin tale, præsenterede han skolen for dem. Den midaldrende mand viste sig at være en betydelig personlighed, nemlig ingen ringere end grevskabets herredsfoged – en af de mest ophøjede skabninger, som disse børn endnu nogensinde havde hævet deres blik op til; de spekulerede på, om han virkelig var skabt af samme stof som andre almindelige dødelige; de ventede at høre ham brøle og sad og rystede af skræk for muligvis at høre det. Han hørte hjemme i Konstantinopel, hele 12 mil borte – altså havde han rejst og set en hel del af verden – ja hans øjne havde skuet grevskabets regeringsbygning, der, som man fortalte, havde et skinnende bliktag. Den hellige ærefrygt, som disse betragtninger indgød hele den lille forsamling, gav sit udslag i en lydløs stilhed og rækker af stirrende blikke. Manden var den store herredsfoged Thatcher, broder til deres egen Thatcher, sagføreren. Jeff Thatcher gik straks hen for at hilse på sin mægtige onkel, under sort misundelse fra hele skolens side; det ville have glædet hans sjæl at have hørt, hvad de hviskede om ham.

„Se blot til ham, Jim, hvor vigtig han stejler derop! Se en gang, han trykker ham virkelig i hånden, det er noget for Jeff! Kunne du ikke lie' at være i hans sted, hvad?"

Hele skolen var i uro; lærere og lærerinder fór omkring blot for at vise sig; der var især én ting, som kunne have gjort forstanderens henrykkelse over at se den store mand komplet, og det var med det samme at kunne udlevere en bibelpræmie og fremstille for den store mand det vidunder af en elev, som havde vundet den. Enkelte af drengene havde vel nogle få gule kort, men ingen af dem havde tilstrækkeligt – han havde været rundt mellem dem for at spørge sig for. Forstanderen ville have givet en verden for nu at have denne tyske dreng tilbage med sin klare forstand.

Men i dette øjeblik, netop som alt håb var ude, kom vor ven Tom Sawyer frem med ni gule kort, ni røde og ti blå og forlangte sin bibel! Det kom som et lyn fra klar himmel. Walters havde ikke ventet nogen anmodning fra den side i de første ti år! Men der var intet at gøre ved det – her var de attesterede beviser, og de var gode nok. Tom blev altså hævet nogenlunde i højde med dommeren og de andre udvalgte, og den store nyhed blev snart spredt vidt om; det vakte allevegne den største forbavselse, at Tom var kommet således til vejrs. Skolen havde altså nu to mærkværdigheder at stirre på i stedet for én! Alle drengene var lige ved at sprække af misundelse; men dem, der led mest af denne bittre sygdom, det var dem, der alt – alt for silde forstod, at de selv havde bidraget deres del til den eftertragtede glans ved at sælge deres kort til Tom for de samme sager, som han tidligere havde fået i bytte for det privilegium at måtte hvidte plankeværket. Der stod de kønt i det!

Flidspræmien blev overleveret til Tom med hele den overflod af skønne ord, som forstanderen ved denne lejlighed kunne anbringe; dog manglede der alligevel noget i disse rosende ordstrømme, for den stakkels mands instinkt tilhviskede ham, at der var et eller andet muggent ved denne historie, som måske ikke godt kunne tåle lyset; for det var aldeles urimeligt at antage, at netop *denne* dreng skulle have tilegnet sig 2000 vers af skriften – et dusin ville vel have været det højeste, en sådan fyr kunne bringe det til!

Amy Lawrence følte sig stolt og glad på Toms vegne, og hun søgte at få ham til at bemærke hendes glæde, men alt forgæves. Dette forekom hende mærkeligt; hun var ked af det; så fandt hun endelig, at der var noget mistænkeligt ved det hele, lagde mærke til flere små omstændigheder – et hemmeligt blik fortalte hende resten – hendes hjerte var færdigt at briste, hun var jaloux, ærgerlig, der kom tårer i hendes øjne og hun foragtede den hele verden – Tom mest af alle!

Denne blev nu forestillet for herredsfogeden; men hans tunge var bunden, han formåede knap at ånde, hans hjerte slog stormmarsch i hans bryst – ikke alene fordi han stod overfor en så betydningsfuld storhed som denne mand, men også, og måske allermest, fordi denne store mand viste sig at være *hendes* fader. Havde det været mørkt, kunne han gerne være falden ned og tilbedt ham! Herredsfogeden lagde sin hånd på vor helts hoved, kaldte ham en rask lille mand og spurgte ham hvad han hed. Drengen blev rød, stammede, vred sig og endelig kom det ganske svagt: „Tom."

„Nej, nej – ikke Tom, men – –."

„Thomas."

„Det var ret; jeg mente nok der var lidt mere. Men du har vist ét navn til; det vil du nok sige mig, min dreng, ikke sandt?"

„Sig du kun denne herre dit efternavn, Thomas," sagde forstanderen; „og så skal du sige hr., det må du ikke glemme; du er jo en pæn dannet dreng."

„Thomas Sawyer, herre!"

„Det var ret, du er en flink dreng, en lille rask, dygtig dreng. To tusinde vers – det er mange – det er virkelig mange! Men du skal aldrig blive ked af, at du lærte dem, for kundskab er mere værd end noget andet i denne syndige verden; den frembringer store og gode mænd; du vil nok engang blive en stor mand, og tillige en god mand, Thomas; og engang vil du se tilbage på denne dag og sige: alt dette skylder jeg den dejlige søndagsskole; alt dette skylder jeg mine kære lærere, som indpodede mig disse kundskaber; alt dette skylder jeg den herlige forstander, der opmuntrede mig til at læse, og gav mig en dejlig bibel, som jeg må beholde for mig selv i al min tid; alt dette skylder jeg den gode opdragelse, som jeg har fået! Således vil du sige, min ven Thomas, og du vil da ikke bytte disse 2000 vers for al verdens rigdomme – nej det ville du ikke! Men nu kunne du måske glæde mig og denne dame ved at lade os høre noget af det, du har lært, for vi er altid glade ved at se, at små drenge vil lære noget. Du kender naturligvis navnene på de tolv apostle; vil du da ikke sige os navnene på de to af dem, der først blev udvalgte?"

Tom trak forlegen i en af sine knapper og så temmelig fåreagtig ud; blodet steg ham til hovedet, og benene rystede under ham. Hr. Walters hjerte sank i brystet på ham. Han sagde til sig selv: denne dreng *kan* ikke besvare det simpleste spørgsmål, man gør ham – hvorfor ville dog herredsfogeden spørge ham? Alligevel følte han sig opfordret til at tale og sagde roligt: „Svar du kun denne herre, Thomas, vær ikke bange."

Tom hang stadig med hovedet og svarede ikke.

„Men mig vil du da nok fortælle det," sagde damen; „altså: De to første af herrens disciple hed – –."

„David og Goliat!" fór det ud af Tom.

Dog lad os hellere drage et medlidenhedens slør over det øvrige optrin.


## 5. KAPITEL

Klokken halv elleve ringede den lille kirkes sprukne klokke til gudstjeneste, og landsbyens beboere begav sig til kirken for at høre pastor Sprague. Der var alle søndagsskolebørnene under opsigt af deres forældre, og tante Polly var der også med Tom, Sid og Mary, samt mange af byens mere eller mindre fremtrædende mænd og kvinder. Under bønnen havde vor helt sin opmærksomhed henvendt på alle mulige andre ting, kun ikke på, hvad præsten sagde. Midt under bønnen skete det, at en flue slog sig til ro på den øverste kant af stolen foran ham og irriterede ham ved uafladelig at gnide benene mod hinanden, polere sit hoved så eftertrykkeligt, som om den ville rive det løs fra kroppen; skrabe sine vinger med bagbenene og strække disse ud fra sig som et par frakkeskøder, i det hele gøre sit toilette så roligt og uforstyrret, som om den sad hjemme i sin egen stue. Toms fingre kløede efter at få fat i den, men han havde dog den faste overbevisning, at det ikke ville gå ham vel, hvis han gav efter for sin lyst så længe bønnen varede. Men næppe havde præstens slutningsord lydt hen over menighedens hoveder, før Toms hånd krummede sig og sagte bevægede sig fremefter, og inden den sidste lyd var forstummet, var fluen fanget. Tante Polly havde set, hvad han havde for, og bød ham lade den flyve igen.

Nu talte præsten atter og talte så længe i en så ensformig tone, at flere af tilhørerne begyndte at nikke. Vor ven Tom, der havde sin opmærksomhed henvendt på alt muligt andet end præstens tale, var imidlertid kommet i tanker om, at han havde en skarnbasse hos sig, en skat, han havde gemt til bedre lejlighed. Det var en virkelig stor levende skarnbasse, med store følehorn, som han havde puttet i en gammel knaldhætteæske og stukket i lommen. Den måtte nu frem. Det første skarnbassen gjorde, da der blev åbnet for den, var at bide ham i fingeren. Han knipsede derfor naturligvis straks til den, så den røg ud i kirkegangen, hvor den faldt på ryggen, mens drengen stoppede den bidte finger i munden. Ude på gangen lå billen en stund hjælpeløs på ryggen og fægtede med alle sine ben i luften, ude af stand til at vende sig om. Tom skævede til den, ville gerne have fat i den, men nu var den udenfor hans rækkeevne! Imidlertid var andres opmærksomhed også blevet henledt på billen, og disse vedblev nu at stirre på den.

I dette øjeblik kom en løssluppen puddelhund, der var ked af verden og doven og tung i hovedet af sommervarmen, drivende op ad gulvet. Den fik pludselig øje på skarnbassen; halen kom hurtig i vejret; logrende med den iagttog hunden længe det nye fænomen; gik så et par gange rundt omkring den, snøftede efter den, gik atter rundt, fik mere mod og kom lidt nærmere; gnaskede efter den, men fik den ikke fat, snappede så atter et par gange og lagde sig ned på maven med billen imellem forpoterne, syntes at finde fornøjelse i legen, men blev efterhånden træt og mere ligegyldig, dens hoved begyndte at nikke, og lidt efter lidt sank det ned mod gulvet, og dens snude berørte fjenden, som da straks greb fat. Der hørtes et kort hyl, puddelen gjorde et kast med hovedet, og skarnbassen slyngedes nu et par alen bort, hvor den atter faldt ned og blev liggende på ryggen. De nærmest siddende tilskuere rystede af indvendig latter, nogle gemte hovedet bag bøger og lommetørklæder, og Tom var i den syvende himmel! Hunden så lidt forbavset ud, og var det vel også; men indvendig ærgrede den sig og pønsede på hævn. Den gik derfor atter hen til billen og begyndte igen sine angreb; sprang imod den fra alle sider, stak sine forpoter hen imod den, snappede efter den og rystede hovedet, så ørerne daskede om siden på det. Den blev dog snart træt igen, prøvede at more sig lidt med at jage efter en flue, men blev også hurtigt ked deraf, gabede nikkede, glemte snart fuldstændig skarnbassen og satte sig til sidst lige oven på den.

Så hørtes der et kort vredeshyl, og puddelen fór som en raket langs op ad kirkegangen; hylene blev ved og hunden ligeså, kilede rundt om alteret og ned på den anden side, vendte så ved kirkedøren, så om igen, samme tur op og ned ad kirkegangen, indtil den endelig lignede en rund ulden kugle, der med lynets fart rullede frem og tilbage for folks forbavsede blikke. Endelig drejede den af skræk næsten vanvittige hund af fra sin kurs og sprang op på skødet af sin herre, som resolut kastede den ud af vinduet, hvorfra dens hyl snart hørtes svagere og svagere og til sidst ganske forstummede.

Imens sad hele menigheden røde i hovederne af undertrykt latter, og gudstjenesten var hørt op af sig selv. Tilhørerne var begyndt at tale sagte med hinanden, og alle følte sig betydeligt lettede, da gudstjenesten omsider, efter at være blevet fortsat, var forbi.

Tom Sawyer gik hjem i prægtigt humør og sagde til sig selv, at der dog godt kunne være en smule fornøjelse ved en gudstjeneste, når der blot kom lidt afveksling i den. Der var kun én ting der ærgrede ham lidt; han havde ikke noget imod, at hunden legede med skarnbassen, men han fandt det ikke passende af den, at den smed den væk for ham.

# 6. KAPITEL

Mandag morgen var Tom i dårligt humør. Det var han næsten hver eneste mandag morgen, fordi der da lå en hel uges skoletid for ham. Hvad skulle egentlig denne ene helligdag til, når han så i en hel uge bagefter skulle lænkes til skolebænken; så heller blive ved dag ud og dag ind at arbejde i trædemøllen.

Han lå i sin seng og spekulerede. Det kunne måske ikke være så galt at anstille sig syg – så kunne han blive hjemme fra skole – det var dog en svag mulighed! Han prøvede, kneb og undersøgte sig selv i alle leder og kanter, men det var ikke muligt at opdage noget. Omsider syntes det ham dog alligevel, som om han mærkede svage tegn på en begyndende kolik, og håbet steg i hans bryst. Men tegnene var altfor svage og forsvandt omsider ganske. Han spekulerede atter. Pludselig gjorde han en heldig opdagelse: en af hans tænder sad løs! Det var et held; og han var allerede i færd med til en begyndelse at hyle op, da det slog ham, at hvis han kom frem med dette påskud, så ville hans tante straks trække tanden ud, og det gjorde nederdrægtig ondt. Så var det vist bedre at have tanden som reserve og se at finde på noget andet.

Efter en stunds forløb kom han i tanker om, at doktoren havde talt om en patient, der led af et tilfælde, som tvang ham til at ligge 2 à 3 uger i sengen og nær havde kostet ham tabet af en finger. Tom fik hurtig foden trukket frem under lagenet og undersøgte nøje sin dårlige tå. Men nu var ulykken, at han ikke kendte symptomerne. Alligevel var det måske nok værd at forsøge, hvorfor han begyndte at klage sig i høje toner. Sid vedblev at sove uden at høre noget. Tom klagede sig endnu højere, og det forekom ham, at han virkelig følte smerte i tåen. Endnu ingen deltagelse fra Sids side!

Tom pustede af anstrengelse, hvilte sig lidt, og begyndte så med fornyet kraft. Sid snorkede stadig videre!

Tom ærgrede sig forfærdelig. Endelig råbte han: „Sid, Sid!" og ruskede ham eftertrykkeligt. Han syntes nu i begreb med at vågne, og Tom tog atter fat med sine hyl. Sid gabede, strakte sig, rejste sig endelig op i sengen og begyndte at stirre på Tom. Denne klagede sig ynkeligt.

Endelig sagde Sid: „Du Tom, Tom!"

Intet svar.

„Hej, du, Tom! Hvad er der i vejen, hører du?" Og han ruskede samtidig i ham og så ham ængsteligt ind i ansigtet.

Så stønnede Tom: „Å, lad være, Sid, rusk ikke sådan i mig, jeg kan ikke tåle det."

„Hvad er der da i vejen, skal jeg kalde på tante?"

„Nej, nej! Jeg tænker, at det snart er forbi, du skal ikke kalde på nogen."

„Men det må jeg dog vist hellere. Å, klag dig ikke således, Tom, det er forfærdeligt at høre på. Hvor længe har du således taget på vej?"

„I mange timer. Uha – uha!"

„Hvorfor har du da ikke vækket mig før? Å, hold dog op, Tom, det er altfor uhyggeligt at høre dig klage således. Hvad fejler du dog?"

„Jeg vil tilgive dig alt det onde, du har gjort mig" – stønner – „når jeg er borte – –"

„Du er dog vel ikke ved at dø, Tom! Å, gør det ikke måske – –."

„Jeg tilgiver jer allesammen" – stønner – „sig dem det, Sid. Og du, Sid, du kan give vinduehængslet og katten med det ene øje til den nye pige, der er kommet hertil og fortælle hende – –"

Men Sid havde allerede snappet alle sine klæder og var ilet ud.

Nu følte Tom virkelige smerter; så meget kan indbildningen gøre, og hans klagen lød ganske naturlig.

Sid skyndte sig nedenunder og råbte: „O, tante Polly, du må straks komme op! Tom er nær ved at dø!"

„Dø!"

„Ja, men skynd dig, kom straks op til ham!"

„Vrøvl! Jeg tror ikke et ord deraf."

Men alligevel skyndte hun sig op ad trappen med Sid og Mary i hælene. Hun var ganske bleg, da hun trådte hen til Toms seng.

„Men Tom dog, hvad er der i vejen med dig?"

„O, lille tante, jeg – –."

„Sig dog, hvad du fejler, barn."

„Å, tante, min dårlige tå gør så ondt!"

Den gamle dame sank ned i en stol, lo lidt, græd lidt og prøvede så begge dele på en gang. Det livede hende synligt op, og så sagde hun: „Du gør mig altid forskrækket, Tom. Hold nu op med de narrestreger og rejs dig."

Klagerne forstummede og smerten forsvandt fra tåen. Tom mærkede, at slaget var tabt, og sagde: „Tante Polly, jeg syntes den værkede så slemt, at jeg rent glemte min tandpine."

„Din tandpine; nå, det vil jeg nok sige! Hvad fejler dine tænder?"

„En af dem er løs og gør forfærdelig ondt."

„Så; begynd nu ikke på det hyleri igen. Luk munden op. Ja, din tand er løs, men derfor dør du da ikke. Mary, ræk mig en silketråd og en glød ude fra køkkenet."

„Nej, kære tante, træk den ikke ud, den gør ikke mere ondt. Å, lad være, tante; jeg bryder mig ikke om at blive hjemme fra skole!"

„Nå, så det gør du ikke? Og du har lavet hele denne historie, fordi du tænkte, at kunne blive hjemme fra skole og gå ud at fiske. Tom, Tom, du ved ikke, hvor meget jeg holder af dig, men du gør alt, hvad du kan, for at knuse mit gamle hjerte med alle dine gavtyvestreger."

Et øjeblik efter var alle tandapparaterne i orden. Den gamle dame slog en løkke om Toms tand og gjorde den anden ende fast ved sengestolpen. Så greb hun ildtangen med gløden og stak den pludselig tæt op til drengens ansigt. Kort efter dinglede tanden på sengestolpen.

Men alle prøvelser her i verden får deres belønning, enten på den ene eller den anden måde. Da Tom efter frokost drev af sted til skolen, var han på vejen derhen genstand for alle drengenes misundelse på grund af det hul, som den udtrukne tand havde efterladt i hans hvide tandrække, og hvorigennem han nu kunne spytte på en ganske enestående måde!

På vejen til skolen traf han bl. a. landsbyens ungdommelige paria, Huckleberry Finn, søn af byens største drukkenbolt. Denne dreng var både hadet og frygtet af alle mødre i landsbyen, fordi han både var doven, uartig og ond – og særlig, fordi alle deres børn nærede en hemmelig beundring for ham, altid morede sig i hans selskab og blot ønskede at kunne ligne ham! Tom havde strenge ordrer til aldrig at lege med ham, men derfor legede han naturligvis med ham, hver gang han så lejlighed dertil. Huckleberry var altid iført fuldvoksne mænds aflagte klæder, som oftest så pjaltede som vel muligt. Hans hat manglede den halve skygge; hans frakke – når han i det hele havde en på – nåede ham i reglen til hælene, og knapperne bag på sad gerne ved hans knæhaser. Han havde aldrig mere end én sele til at holde bukserne oppe; disses bagparti hang derfor meget lavt, og der var intet til at fylde det ud med; buksebenene var altid frynsede forneden og slæbte stadig i snavset, når de ikke tilfældigt var rullet op. Drengen kom og gik, som han selv ville; ingen brød sig om ham. I godt vejr sov han på en trappe, og når det regnede i en tom tønde; han brugte hverken at gå i skole eller til kirke; ingen havde noget over ham at sige; han kunne fiske og bade sig, hvor han ville, og blive der så længe det passede ham; ingen holdt ham tilbage, når han ville slås; han kunne blive oppe så længe han selv gad; han var altid den første dreng, der gik barbenet om foråret og den sidste, der tog sko på om efteråret; han vaskede sig aldrig, tog aldrig rent tøj på, og så kunne han bande ganske frygteligt. Med ét ord, denne dreng nød alle de goder, der gjorde, at livet var værd at leve; alle drengene misundte ham!

Tom prajede denne for ham så romantiske landstryger med et: „Hallo, Huck!"

„Selv hallo; hvordan lever du?"

„Hvad er det, du har der?"

„En død kat."

„Å, lad mig se den, Huck! Den er dejlig stiv; hvor har du fået den?"

„Købt den af en dreng."

„Hvad gav du for den?"

„Et blåt kort og en svineblære, som jeg fik i slagterhuset."

„Hvor fik du det blå kort fra?"

„Købte det for 4 dage siden af Ben Rogers for en fiske-
stang."

„Hør, hvad bruger man en død kat til?"

„Til at få vorter væk med."

„Så-å; hvorledes kurerer du da vorter med en død kat?"

„Ja, ser du: du tager katten og går efter midnat hen på kir-
kegården til et sted, hvor en eller anden forbryder er begravet.
Ved midnatstid vil der komme en djævel, ja måske to eller tre,
men du kan ikke se dem, kun høre noget ligesom en hvirvel-
vind, måske kan du også høre dem tale; men når de så er truk-
ket af med forbryderen, så kaster du katten efter dem og siger:
Djævel følger lig, katten følger djævel, vorter følger kat; med
dig er jeg færdig! Så går hver en vorte væk!"

„Det lyder jo meget troligt. Har du selv prøvet det, Huck?"

„Nej, men gamle mo'er Hopkins har fortalt mig det."

„Ja, så er det sandt, for de siger, hun kan hekse."

„Ja, jeg ved, hun *kan*. Hun har forhekset fa'r, han siger det
selv. Han går en dag og tænker på ingenting, så opdagede han,
at hun var i færd med at forhekse ham; men så tog han en sten,
og hvis hun ikke havde bukket sig, så havde han ramt hende.
Nå, men samme aften gled han ned fra taget af et skur, hvor
han sov en rus ud og brækkede sin arm."

„Ja, det var sørgeligt. Men hvordan vidste han, at hun ville
forhekse ham?"

„Ok jo, det vidste han straks! Når de sådan står og glor
ondt på en, så forhekser de ham, især hvis de tillige mumler
nogle ord. Denne mumlen betyder, at de læser fadervor bag-
vendt."

„Hør, Huck, hvornår vil du prøve det med katten?"

„I aften. Jeg tænker, de kommer og henter den gamle fordrukne slyngel Williams i nat."

„Men han blev jo begravet i lørdags, Huck; hentede de ham da ikke lørdag nat?"

„Sikken snak! Hvordan skulle det lade sig gøre så hurtigt, efter midnat begynder jo søndagen og djævelen har vist ikke meget at skal have sagt på en søndag!"

„Nå ja, det tænkte jeg ikke på. Men lad mig gå med dig."

„Det kan du godt, hvis du da ikke er bange."

„Jeg – bange! Det manglede bare. Vil du mjave, når vi skal mødes?"

„Ja, og så kan du mjave til svar. Sidste gang du fik mig til at mjave, blev jeg ved så længe, til gamle Hays kastede en sten efter mig og råbte: „Å, din forhandlede kat! Så hev jeg en murbrok gennem en af hans ruder – men det skal du ikke fortælle til nogen."

„Nej; den nat kunne jeg nu ikke mjave, fordi tante passede på mig; men denne gang vil jeg. Men hvad er det, du har der, Huck?"

„Å, det er kun en tæge."

„Hvor har du fået fat i den?"

„Ude i skoven."

„Hvad vil du have for den?"

„Det ved jeg skam ikke. Jeg tror ikke jeg vil sælge den."

„Det er da også kun en ussel lille tæge."

„Ja, det er jo nemt at rakke ned på noget, som ikke tilhører en selv. Jeg er godt nok fornøjet med denne. Den er stor nok til mig."

„Å, der er masser af tæger; jeg kunne have haft tusinde af dem, hvis jeg ville have haft dem."

„Nå, og du tog dem ikke? Men det var bare, fordi du vidste, at du ikke kunne få fat i dem. Denne er en meget tidlig tæge, den første, jeg har set i år."

„Hør en gang Huck, jeg vil give dig en tand for den."

„Lad mig se den tand."

Tom tog tanden ud af et stykke papir, og Huck undersøgte den omhyggeligt. Fristelsen var stor. Endelig spurgte han: „Den er dog vel ægte?"

Tom åbnede munden og viste stedet, hvor den havde siddet. „Godt, det er en handel!" sagde så Huckleberry.

Tom puttede tægen ind i den knaldhætteæske, som sidst havde været skarnbassens gemmested, og drengene gik så hver sin vej.

Da Tom endelig nåede den lille ensomt beliggende skole, gik han rask ind som en, der havde den bedste samvittighed af verden. Han hængte sin hat på en knage og satte sig på sin plads med den mest uskyldige mine af verden. Læreren, der tronede højt oppe på sin katederstol, sad og døsede. Støjen vakte ham, og han råbte straks: „Tom Sawyer!"

Tom vidste, at når hele hans navn blev udtalt, så var der ugler i mosen.

„Ja!"

„Kom herop; hvor har du nu som sædvanlig drevet om?" Tom ville lige til at tage sin tilflugt til en usandhed, da han pludselig opdagede to lange lyse fletninger, der hang ned ad ryggen på en lille pige, som han med kærlighedens skarpe instinkt syntes at skulle kende. Ved hendes side var den eneste ledige plads på pigesiden i skolen. Derfor svarede han også rask: „Jeg stod et øjeblik og talte med Huckleberry Finn!" Læreren blev så forfærdet, at han straks ikke vidste, hvad han skulle sige; alle børnene, som havde hørt svaret, troede, at den frække dreng havde mistet forstanden.

Men ordet var jo udtalt, og læreren samlede sig lidt efter lidt sammen og udbrød: „Tom Sawyer, det er den frækkeste tilståelse, som jeg nogensinde har hørt; en lineal er ikke tilstrækkelig til at tugte en sådan opførsel. Af med din trøje!"

Læreren svang spanskrøret så længe, til det til sidst værkede i hans arm, og efter at have pustet lidt, sagde han: „Så, gå nu ned og sæt dig hos pigerne! Lad det blive en advarsel for dig i fremtiden!"

Den latter, der hørtes rundt i stuen, syntes at gøre drengen forlegen, men indvendig var han henrykt og priste sin gode lykkestjerne. Han satte sig nu på enden af bænken, men den lille pige rykkede straks så langt bort fra ham som muligt. Den sædvanlige skolesummen begyndte dog snart igen, og lidt efter lidt prøvede vor helt at kaste stjålne blikke til sin flamme. Hun så det, vrængede mund af ham og vendte ham hurtigt ryggen. Da hun atter forsigtig så sig om, lå der en fersken foran hende. Hun stødte den bort; Tom lagde den igen sagte tilbage; hun stødte den atter bort, men dog ikke så heftigt; tålmodig lagde Tom den igen foran hende; denne gang blev den liggende. Så skrev Tom på sin tavle: „Tag den bare – jeg har flere!"

Pigen så godt hvad han skrev, men lod som ingenting. Så begyndte Tom at tegne noget på tavlen, som han dog skjulte med den venstre hånd. En tid lang vægrede hun sig ved at lægge mærke dertil, men endelig begyndte nysgerrigheden at ytre sig ved flere tydelige tegn. Tom blev uforstyrret ved at tegne. Pigen gjorde et lille svagt forsøg på at komme til at se, men Tom lod da, som han ikke lagde mærke dertil. Endelig kunne hun ikke holde sig længere, men hviskede: „Lad mig se det."

Tom fremviste en forfærdelig karikatur af et hus med to gavlender og en proptrækker, der forestillede røg, som trak op af skorstenen. Pigens interesse voksede, og da han endelig var færdig, så hun længe på billedet og hviskede: „Det er meget smukt; tegn nu en mand."

Kunstneren stillede så en mand op foran huset, en fyr, der grangivelig lignede en savbuk. Han kunne gerne have skrævet over huset, hvis det skulle knibe; men pigen var nu ikke kritisk anlagt; hun var tværtimod meget tilfreds med det langbenede uhyre og hviskede: „Det er en net mand – tegn så mig, der kommer."

Tom tegnede da et timeglas med en fuldmåne ovenpå og med stive lemmer; i de vidtspredte fingre tegnede han en mægtig vifte. Pigen hviskede igen: „Hvor det er pænt – bare jeg kunne tegne således."

„Det er meget let," sagde Tom sagte; „jeg skal lære dig det."

„Å, vil du? Når da?"

„Til middag; går du hjem og spiser?"

„Jeg bliver, når du bliver."

„Godt, så er det afgjort."

„Hvad hedder du?"

„Becky Thatcher. Og hvad hedder du? Ja, det er sandt, det er jo Tom Sawyer."

„Ja, det er det navn, de bruger, når jeg skal have klø. Ellers hedder jeg kun Tom – du vil nok kalde mig Tom ikke?"

„Jo."

Så begyndte Tom atter at kradse noget ned på tavlen, men således, at pigen ikke kunne se det. Men nu var hun blevet ivrig og forlangte at se det, men Tom sagde: „Å, det er ikke noget."

„Vist er det."

„Nej, det er noget, du ikke bryder dig om."

„Jo det er – jo det er; å lad mig se, vær nu god."

„Men du vil fortælle det igen?"

„Nej, jeg skal ikke nævne et ord om det til nogen."

„Men du kan ikke tåle at få det at se!"

„Når du sådan driller mig, så *vil* jeg se det, Tom," og nu lagde hun sin lille hånd på hans; de reves om det et øjeblik, og Tom lod, som om han gjorde alvorlig modstand, men trak dog lidt efter lidt hånden bort, så hun læste, hvad der stod skrevet: *Jeg elsker dig!"*

„Å, din uartige dreng!" og dermed tildelte hun hans hånd et rask lille slag, men blev rød og så alligevel ganske tilfreds ud.

I dette højtidelige øjeblik mærkede drengen pludselig et ordentligt tag i sit øre, idet han i det samme blev løftet i vejret. På denne måde måtte han så bevæge sig halv hoppende tværs igennem stuen, indtil han under hele skolens lydelige latter nåede sin gamle plads. Læreren betragtede ham derpå en stund med alvorlig mine og gik så tilbage til sit tronsæde uden at sige mere. Men skønt Toms øre sved og brændte, var der dog jubel i hans hjerte.

Men hvad lektierne angik, var og blev det en sørgelig dag for Tom Sawyer. Da han kom op i oplæsning, gik det helt i stykker for ham, i geografien vendte han op og ned på alt, søer blev til bjærge og bjærge blev til floder og floder til fastland, så det hele blev til et kaos som før verdens skabelse. Ved stavningen gik han i stykker på de almindeligste ord, og det endte med, at han blev dekoreret med fuksepladsen, som han havde gjort sig fortjent til igennem måneder.

## 7. KAPITEL

Jo mere Tom søgte at holde sine tanker ved bogen, jo videre vankede de om, og til sidst opgav han med et dybt suk det hele. Det forekom ham, at middagsfrikvarteret aldrig ville komme; luften var tillige så underlig trykkende; der rørte sig ikke en vind; den søvndyssende mumlen af de femogtyve børn lagde en døs over hans sind, som når man hører en bisværm summe. Udenfor var alt varme og tåget sommerdis; højt oppe i luften svævede et par fugle langsomt af sted; ellers så man ingen levende skabninger undtagen nogle køer, og de sov.

Tom længtes svært efter at slippe fri eller også at finde på noget, der kunne få tiden til at gå på en mere interessant måde. Han følte i sine lommer og fik omsider fat i knaldhætteæsken. Han lukkede tægen ud og satte den ned på det lange flade bord. Dyret var rimeligvis i øjeblikket opfyldt af en tak-nemmelighed, der næsten steg til tilbedelse, men det var sik-kert en smule for tidligt; for da den med en formodet hjertelig tak for opholdet var i færd med at kravle bort, mødte Tom den med en pind og nødte den til at tage en anden retning.

Toms bedste ven sad tæt ved ham og led akkurat af det samme onde som han; Toms nye beskæftigelse vandt derfor hans fuldkomne bifald, og han var straks med. Denne hans ven var Joe Harper; om lørdagen stod de som tidligere omtalt kampberedte overfor hinanden, som hærførere for to store ar-meer, den øvrige del af ugen var de svorne venner. Joe tog nu en knappenål af sit trøjeopslag og begyndte at hjælpe med at lede fangens bevægelser. Hele sporten interesserede dem snart i høj grad, men efter en tids forløb blev de enige om, at det var mere formålstjenligt at have hver sit felt at operere på, hvorfor de tog Joes tavle og skrev en streg på langs ned igennem den. „Ser du," sagde Tom, „så længe tægen er på din side af stregen, så kan du manøvrere med den, og jeg holder mig da stille, men kryber den over på min side, så må du ikke komme til den, så længe jeg holder den fra at gå over til dig."

„Godt, så siger vi det – sæt ham så i gang."

Tægen slap snart fra Tom og passerede ækvator. Joe kørte en stund med den, indtil den atter gik tilbage. Således gik det en tid. Endelig syntes lykken at tilsmile og blive hos Joe. Tæ-gen prøvede på alle måder at komme over stregen og syntes snart at få lige så stor interesse for legen som drengene, men Joes nål mødte den bestandig og holdt den tilbage. Endelig tabte Tom tålmodigheden; fristelsen var for stor – han lan-gede ud og begyndte at hjælpe til med sin nål. Joe blev vred. „Tom, hold dine fingre fra den, hører du!" sagde han.

„Jeg ville blot få den til at kravle, Joe."

„Nej, nej, det har du ikke lov til, bliv fra den."

„Det er dog ærgerligt, at jeg slet ikke kan komme til at

pirre lidt ved den."

„Jeg siger bare: bliv fra den."

„Nej, jeg vil ikke."

„Det skal du, den er på min side af stregen."

„Hør du, Joe, hvis er tægen, er det din eller min?"

„Jeg bryder mig pokker om, hvis den er – den er på min side af stregen, og så må du ikke røre den."

„Ja, men det har jeg nu lyst til; det er min tæge og jeg vil gøre ved den, hvad jeg vil, forstår du!"

I samme øjeblik susede et kraftigt slag ned over Toms skuldre, og det efterfulgtes af et lignende, der traf Joes rygstykker; i et par minutter var drengene omgivet af en støvsky, der hvirvlede ud af deres trøjer, til uhyre morskab for hele skolen.

Joe og Tom havde været så optagne af deres sport, at de ikke havde lagt mærke til den stilhed, der pludselig var blevet omkring dem. Læreren havde nemlig listet sig på tåspidserne hen til dem, overværet en del af forestillingen og nu givet sit bidrag dertil.

Da skolen ved middagstid fik fri, ilede Tom hen til Becky Thatcher og hviskede til hende: „Tag din hat på, men lad være at gå hjem; når du kommer hen til hjørnet, så løber du bort fra de andre, går om gennem strædet og kommer her tilbage. Jeg går den anden vej; så mødes vi."

En stund efter mødtes de midt i strædet, og da de igen nåede skolen, havde de denne ganske for sig selv. De satte sig nu ned med en tavle foran sig; Tom gav Becky griflen, men førte den for hende og snart stod der omridset af et imponerende hus. Så snart kunstinteresserne havde tabt sig en smule, begyndte de en samtale; Tom var i den syvende himmel! „Holder du af rotter?" Hermed indledede han konversationen.

„Nej, jeg afskyr dem."

„Ja, naturligvis – når de er levende. Men jeg mener døde – så kan man svinge dem rundt om hovedet i en snor."

„Å, jeg bryder mig i det hele taget ikke videre om rotter; derimod holder jeg mere af knaldviskelæder."

„Ja, det har du ret i; bare vi havde noget."

„Det har jeg. Jeg vil lade dig tygge et øjeblik, men så vil jeg ha'e det igen."

Det var jo et særdeles favorabelt tilbud, og de tyggede så på omgang, og sad nok så hyggeligt og dinglede med benene under bænken.

„Har du nogensinde været i cirkus?" spurgte Tom.

„Ja, når jeg er artig, kommer jeg undertiden derhen med papa."

„Jeg har været der tre-fire gange; kirken er ikke noget mod cirkus; når jeg bliver stor, så vil jeg se at blive klovn."

„Vil du? Det kan rigtignok blive morsomt; de er altid så dejligt plettede over hele kroppen."

„Ja, det er de, og så tjener de masser af penge, siger Ben Rogers. Sig mig for resten, Becky, har du nogensinde været forlovet?"

„Hvad er det?"

„Forlovet – det er sådan, når man vil gifte sig; kunne du ikke li'e det?"

„Måske, jeg ved det ikke bestemt; hvordan omtrent er det?"

„Hvordan det er? Ja, jeg ved det ikke rigtig, men du behøver bare at fortælle en dreng, at du ikke vil have andre end ham aldrig i verden – så kysser du ham, og så er den pot ude! Det kan da enhver gøre."

„Kysse? Hvad skal der kysses for?"

„Jo, fordi, fordi – ja det gør de altid."

„Gør de alle det?"

„Ja, altid, når man er forelsket i hinanden. Kan du huske, hvad jeg skrev på tavlen?"

„Ja – ja!"

„Hvad stod der da?"

„Det siger jeg ikke."

„Skal jeg da sige dig det?"

„Ja-ah – men en anden gang."

„Nej, nu – nu!"

„Nej, ikke nu – i morgen måske."

„Å, nej, nej; lad det være nu, Becky; jeg skal hviske det sagte, ganske sagte til dig."

Becky tav og så ned, Tom antog hendes tavshed for samtykke, lagde sin arm om hende og hviskede trylleordet ind i hendes øre! Derpå tilføjede han: „Nu skal du hviske det samme til mig, sådan plejer man at gøre!"

Hun tøvede et øjeblik, men sagde så: „Vend dit ansigt bort, så du ikke kan se mig, så vil jeg. Men du må aldrig sige det til nogen, Tom, vel? Det vil du da ikke?"

„Nej, nej, aldrig. Så Becky!"

Han vendte sig bort; hun bøjede sig over mod ham og hviskede sagte: „Jeg – elsker – dig!" hvorpå hun sprang op og gav sig til at løbe rundt om bænke og borde; Tom efter hende, men til sidst gemte hun sig i en krog og trak forklædet for øjnene. Tom slog armene om hendes hals og gav sig til at bede: Så, lille Becky, nu er jo alt i orden, alt undtagen kysset, du ved nok. Men det skal du ikke være bange for – det er en nem sag; værsgo, Becky!"

Han trak forklædet og hænderne bort fra ansigtet og endelig gav hun efter og lod Tom kysse sig.

Så sagde Tom: „Så, nu er det forbi, Becky. Og for eftertiden må du ikke holde af andre end mig, ikke gifte dig med andre end mig – vil du ikke nok det?"

„Jo, jeg vil ikke holde af andre end dig, Tom; aldrig gifte mig med andre, men så må du heller ikke gifte dig med andre!"

„Naturligvis – aldrig i livet! Og når vi går til skole eller kommer fra skole, så må du altid spadsere med mig, når ingen ser det – altid vælge mig, som jeg vælger dig, når vi skal deles i to partier; for det er altid sådan, at man bærer sig ad, når man er forlovet."

„Å, hvor det er dejligt – jeg har aldrig hørt om sådan noget før!"

„Ja, det er sjov! Dengang da jeg og Amy Lawrence –"

Tom holdt pludselig op og blev forlegen, da Becky så på ham med forbavsede øjne og sagde: „O, Tom! Så det er ikke første gang, du har været forlovet?" Og barnet gav sig til at græde. Men Tom hviskede: „Å, græd ikke, lille Becky; jeg bryder mig ikke en smule om hendte mere!"

„Jo, du gør, Tom – tilstå det kun."

Tom forsøgte at lægge sin arm om hendes hals, men hun stødte ham bort, vendte sig om mod væggen og begyndte at græde. Tom forsøgte atter at berolige hende, men endelig blev han ked deraf og gik udenfor, idet han ventede, at hun skulle komme bagefter. Men det gjorde hun ikke. Han blev nu bange for, at han havde gjort noget forkert, tog sig sammen og gik atter ind.

Hun stod endnu og hulkede i sit hjørne. Toms hjerte blødte; han gik sagte hen til hende og sagde bedende: „Becky, jeg bryder mig ikke om andre end dig!"

Intet svar – kun fortsat hulken!

„Becky – lille Becky!"

Stadig intet svar.

Så greb Tom til det sidste middel. Han havde i lommen en messingknap til en kakkelovnsdør, fæstet til en sejlgarnssnor. Den trak han op og hang den om halsen på hende, idet han sagde: „Vil du have den, Becky?"

Hun kastede den fornærmet på gulvet. Så gik Tom ud, og vedblev at gå, til han kom op på højene, gik endnu længere bort og kom ikke mere i skole den dag. Endelig begyndte Becky at ane uråd; hun løb til døren; han var ikke at øjne; hun løb om på legepladsen; der var han heller ikke; så gav hun sig til at råbe: „Tom, Tom! Kom tilbage!" Stadig intet svar! Hun følte sig nu så forfærdelig ene og forladt og satte sig igen til at græde; dog nu begyndte skolebørnene atter at vende tilbage, hun måtte skjule sin sorg, berolige sit sårede hjerte og gøre sig beredt til at tilbringe en lang og bedrøvelig eftermiddag uden at have nogen, hun kunne betro sin hjertesorg!

## 8. KAPITEL

Tom vankede omkring i skoven den hele eftermiddag. Hans humør stod på nulpunktet, han havde haft de bedste hensigter med hensyn til den lille Becky og nu havde hun svigtet ham. Han havde den største lyst til at løbe bort, blive soldat, sørøver eller krybskytte, men bestemte sig dog til først at gå hjem og samle sine sager og være klar til at stikke af den næste morgen!

Omsider luskede han da hjem, og ved halv titiden blev både han og Sid sendt til sengs som sædvanlig. De bad begge deres aftenbøn, og Sid sov snart ind. Men Tom kunne ikke sove. Han lå og lyttede efter enhver lyd. I det fjerne lød en regelmæssig snorken fra tante Pollys sovekammer. Tom begyndte at føle sig døsig, klokken slog elleve, men det hørte han ikke. Så begyndte en kat at mjave, men blev forstyrret deri ved, at et vindue blev åbnet. „Din væmmelige kat!" Og så hørtes klasket af en tom flaske mod bagsiden af tante Pollys lade. Denne lyd vækkede endelig Tom, et minut efter var han i tøjet og ude af vinduet, Han krøb langs taget på alle fire, derpå ned på træskurets tag; her begyndte han sagte at mjave, og sprang så ned på jorden. Huckleberry Finn var der allerede med sin døde kat, og begge drengene skyndte sig derpå bort og forsvandt i mørket.

En halv time efter vadede de igennem det høje græs på den gamle kirkegård. Den lå på en høj en god fjerdingvej fra landsbyen omgivet af et gammelt plankeværk; græs og småbuske groede frodigt overalt på kirkegården; alle de gamle grave var sunket sammen. Der fandtes ikke en gravsten på hele kirkegården, kun enkelte møre ormædte træstøtter stod og hældede til alle sider over gravene. Der havde vel engang stået en inskription på dem, men den var ikke mere til at læse.

En svag vind susede gennem træerne, og Tom havde en følelse af, at det måtte være de dødes sjæle, der klagede over forstyrrelsen. Drengene var begge tavse. De fandt omsider en ny tilkastet grav og skjulte sig bag tre store elme, der stod i kort afstand fra graven. Så ventede de længe i tavshed. En fjern ugles hæse skrig var den eneste lyd, der hørtes.

Endelig brød Tom tavsheden: „Huck, tror du de døde holder af, at vi opholder os her?"

„Jeg ville ønske, jeg vidste det. Der er skrækkelig uhyggeligt her, ikke?"

„Det er her – uha!"

Atter en pause, så hviskede Tom igen: „Tror du den gamle drukkenbolt Williams kan høre os tale?"

„Ja, vel kan han det; i al fald hans ånd."

„Jeg ville ønske, jeg havde sagt hr. Williams, men jeg mente ikke noget ondt dermed; alle mennesker kaldte ham jo drukkenbolten."

„Man kan aldrig være forsigtig nok, når man taler om døde mennesker, Tom."

Så døde samtalen atter hen, indtil Tom pludselig greb sin kammerat ved armen og hviskede: „Hyss!"

„Hvad er det, Tom?"

Og begges hjerter begyndte at banke.

„Hyss! Der er det igen! Hørte du ikke noget?"

„Uha, Tom, nu kommer de – nu kommer de! Hvad skal

vi gøre?"

„Ved ikke; tror du, de kan se os?"

„O, Tom, de ser ligeså godt i mørke som kattene – bare vi var blevet herfra!"

„Å vær nu ikke bange; de gør os såmænd ikke noget; vi gør jo heller ingen ting; når vi blot holder os stille, mærker de slet ikke vi er her."

„Ja, jeg skal prøve om jeg kan, Tom, men uha! Jeg ryster over hele kroppen!"

"Hør!"

Drengene trykkede sig ind til hinanden og vovede knapt at ånde. En dæmpet lyd af stemmer hørtes at nærme sig fra den anden ende af kirkegården.

"Hvad er det? Se blot?" hviskede Tom.

„Det er djævleflammer, uha Tom, det er forfærdeligt; jeg er bange!"

Nu nærmede der sig nogle dunkle skikkelser, hvoraf den ene svingede en gammeldags lygte, hvis skin lyste op omkring dem.

Huckleberry hviskede gysende: „Der har vi djævlene. Der er hele tre! Vi er fortabt – forstår du at bede en bøn, Tom?"

„Jeg vil prøve ad, men vær nu ikke bange; de gør os ikke noget ondt"

"Hyss!"

"Hvad er der, Huck?"

„Det er jo *mennesker*, du! En af dem er det da i al fald. Det ligner gamle Muff Potters røst."

„Nej, vel?"

„Jeg kender den! Ti stille og rør dig ikke, han kan ikke opdage os i den tilstand han er – drukken, fuld som sædvanlig, det gamle svin!"

„Godt, jeg skal tie! Nu er de borte – nej – der har vi dem igen! Hør du, Huck, jeg kender nu en til af stemmerne: det er

Indianer-Joe."

„Er det ham? Den ondskabsfulde kulørte halvblods rad! Jeg ville næsten hellere have, at det var selve djævelen, Hvad mon de har for her?"

De tre mænd havde nu nået graven og var ikke mere end et par skridt fra drengenes skjulested.

„Her er det," sagde den tredje røst, og dens ejermand holdt lygten i vejret. Det var unge doktor Robinson.

Potter og Indianer-Joe bar en bærebør, hvorpå der lå et tov og et par spader. De kastede nu deres byrde fra sig og begyndte at grave graven op. Doktoren stillede lygten ved graven og gik hen og satte sig med ryggen mod et af elmetræerne. Han var så nær ved drengene, at de kunne have rørt ved ham.

„Skynd jer nu, folkens!" sagde han sagte; „månen kan komme frem hvert øjeblik."

De brummede noget til svar og gravede væk. I nogen tid var alt stille, indtil endelig spaden stødte mod ligkisten med en dump, hul lyd, og nogle minutter efter havde mændene kisten over jorden. De åbnede låget med deres spader, tog liget ud og lod det falde tungt til jorden. Månen kom nu frem bag skyerne, og man så den dødes blege ansigt. Liget blev så lagt på båren, dækket med et tæppe og surret fast med tovet. Potter tog en stor foldekniv frem, skar de løse nedhængende ender af og sagde: „Nu er da denne forbistrede tingest klar. Så, doktor; men nu må De brodere mig op med en ny femmer, ellers blir den stående her; at De ved det!"

„Det er hørt!" kom det fra Indianer-Joe.

"Hvad for noget, hvad er meningen?" sagde doktoren. „I forlangte betaling forud, og den har jeg givet jer."

„Ja, og De har gjort mere end det," sagde Indianer-Joe nu, idet han trådte nærmere hen til doktoren, der havde rejst sig. „For fem år siden jog De mig en aften bort fra Deres faders køkken, da jeg kom ind og bad om noget at spise, og så sagde De, at jeg havde ondt i sinde; og da jeg så svor på, at jeg ville hævne mig på Dem, selv om der skulle gå hundrede år, så lod Deres fader mig sætte fast som vagabond. Troede De måske, at jeg havde glemt det? Jeg har ikke indianerblod i mig for ingenting; og nu da jeg har Dem, så er det bedst, at vi får regningen afgjort!" I det samme truede han med sin knyttede næve ad doktoren, men denne rettede pludselig et så kraftigt slag mod skurken, at denne styrtede til jorden. Potter lod sin kniv falde og råbte: „Nå, slå ikke min kammerat!" Og et øjeblik efter havde han grebet fat i doktoren, og de to brødes en stund med hinanden. Imidlertid havde Indianer-Joe atter rejst sig op, snappede Potters kniv, og sneg sig med hævngnistrende blikke rundt om de kæmpende, søgende en lejlighed til at bruge sit mordvåben. Pludselig rev doktoren sig løs, greb det svære bræt, der havde stået ved enden af graven og slog Potter til jorden med det; dog i det samme så den halvblods sit snit og borede sin kniv i den unge mands bryst. Han vaklede og faldt henover Potter, som han oversprøjtede med sit blod; månen kom nu et øjeblik frem bag skyerne og kastede sit lys over det skrækkelige optrin, og de forfærdede drenge styrtede ilsomt bort i mørket.

Da månen næste gang kom frem, stod Indianer-Joe endnu og betragtede de livløse skikkelser. Doktoren mumlede et par ord, udstødte et par dybe suk og lå så ganske stille. Den halvblods mumlede: „Nu er den gæld betalt!", bukkede sig ned og udplyndrede liget. Derefter stak han den fatale kniv i Potters åbne hånd og satte sig ned på den opbrudte kiste. Så forløb nogle minutter; da begyndte Potter at røre sig og stønnede svagt, Hans hånd greb fast om kniven, løftede den i vejret, så på den og lod den atter falde med en let gysen. Derpå rejste han hovedet, stødte liget fra sig, så på det og derefter på omgivelserne; han fik da øje på Joe. "Hvad er alt dette, Joe?" udbrød han.

„Ja, det var en snavs forretning," svarede Joe uden at rejse sig; „hvad gjorde du det for?"

„Jeg! Det har jeg ikke gjort."

„Nå! Kom ikke med den snak!"

Potter skælvede og blev ligbleg. „Jeg troede dog, at jeg var blevet ædru, hvorfor ville jeg også drikke i aften; men det hele løber rundt for mig! Sig mig, Joe, – gamle, ærlige fyr, som du er – gjorde jeg det virkelig, Joe; fortæl mig, hvordan det gik til. O, det er skrækkeligt – så ung og så lovende som han var!"

„Nå, ja, I to sloges jo, og så gav han dig et ordentligt slag med brædtet der, så du faldt om, men rejste dig igen, ravede om, snappede kniven og gennemborede ham, netop som han ville give dig en til på kassen, og nu har du ligget bevidstløs siden."

„O, jeg vidste ikke, hvad jeg gjorde; jeg ville ønske, at jeg må dø i dette øjeblik, om det ikke er sandt; det stammer alt sammen fra den forbandede whisky og fra ophidselsen. Jeg har aldrig i mit liv brugt kniv, Joe; jeg har været i slagsmål, men aldrig stukket med kniv. Fortæl det ikke til nogen, Joe; sig, at du ikke vil sige noget, så er du en god fyr. Jeg har altid holdt meget af dig, Joe, og respekteret dig, Joe; du siger så intet, vel Joe?" Og den stakkels fyr faldt ned på sine knæ foran den skumle morder og vred sine hænder.

„Nej, du har altid opført dig godt og honnet ligeoverfor mig, Muff Potter, og jeg vil ikke din ulykke; det er mit ord til dig, stol du på det."

„O, Joe, du er en engel; jeg vil velsigne dig for disse ord, så længe jeg lever!" Og Potter begyndte at græde.

„Så-så; det er såmænd nok af den tønde; nu er det ikke tid til at flæbe. Nu går du til den side, så går jeg til den anden; men pas på, at du ikke efterlader dig noget spor."

Potter skyndte sig bort; den halvblods blev stående og så efter ham; derpå forsvandt også han i mørket.

Nogle minutter efter var der ikke andet tilbage på stedet for dette natlige optrin end den myrdede, det tildækkede lig, den åbne kiste og den tomme grav. Kun månen kastede sit matte lys hen over kirkegården.

## 9. KAPITEL

Begge drengene styrtede hjemad mod landsbyen, ude af sig selv af rædsel. Af og til så de sig ængsteligt tilbage, som om de var bange for, at nogen skulle forfølge dem. Enhver genstand, enhver lyd vakte på ny deres angst.

„Blot vi kan nå hen til det gamle garveri," stønnede Tom forpustet; „jeg kan snart ikke længere."

Hucks stønnende åndedrag var hans eneste svar; drengene ilede videre; endelig nåede de bygningen, stødte døren op og sank, trætte og forpustede, om i en krog. Så snart de havde sundet sig lidt, hviskede Tom: „Huck, hvad skal det dog blive til?"

„Hvis dr. Robinson dør, er der en, der bliver hængt, det kan du være sikker på."

„Hvem skal sige det? Vi?"

„Nej, det manglede bare. Hvis Indianer-Joe ikke bliver hængt, vil han bagefter slå os ihjel, det kan du stole på."

„Ja, det tænkte jeg også selv."

„Hvis nogen skal fortælle noget, så lad Muff Potter gøre det, dersom han er dum nok dertil; han er jo næsten altid fuld."

„Huck, Potter ved jo ikke noget derom; hvordan kan han så vidne."

„Hvorfor skulle han ingenting vide?"

„Fordi han netop fik slaget, mens Indianer-Joe stak med kniven. Tror du så, han kunne sanse noget?"

„Nej, det kan du have ret i, Tom."

„Og desuden – det kan være, at det slag gjorde det af med ham."

„Nej, det tror jeg ikke, Tom; han var halv drukken, det kunne jeg se. Når min gamle er fuld, så kan man gerne dunke ham i hovedet med et kirketårn, uden at han mærkede det; det siger han selv. Sådan er det naturligvis også med Potter. Havde han været ædru, havde han måske haft nok af en sådan sinkadus."

Efter en lang pause sagde Tom: „Hucky, du kan vel holde ren mund?"

„Ja, Tom, vi må holde vor mund, det er sikkert. Denne indianske djævel vil drukne os som et par kattekillinger, hvis vi taler over os om denne sag, før de får ham hængt. Men hør du, lad os sværge overfor hinanden, at vi begge holder ren mund, skal vi det?"

„Ja, lad os det, Huck; det er vist det bedste vi kan gøre. Hold så din hånd op og sværg at du – –."

„Nej, nej, det er langtfra nok i dette tilfælde. Det kan gå for små ubetydelige ting – f. eks. med tøse, fordi de altid skal stikke næserne sammen og plapre alting ud – men her må der være noget skriftligt, forstår du, og med blod!"

Her var noget, som øjeblikkelig vakte Toms tilbøjelighed for alt, hvad der var skummelt og hemmelighedsfuldt, og han gik øjeblikkelig ind på ideen; den sene time, omgivelserne, de grufulde omstændigheder, alt stemte sammen. Han tog et stykke ren tagspån, som lå og skinnede i månelyset, fik et stykke rødkridt op af lommen og nedkradsede med stor besvær følgende linjer:

> „Huck Finn og Tom Sawyer
> sværger at de vil holde ren mund
> angående det og de vil ønske

at de må styrte død om på
deres vej hvis de siger noget
og rådne der."

Huckleberry var opfyldt af dyb beundring over den let-
hed, hvormed Tom kunne både udtrykke sin tanke og ned-
skrive den. Han trak straks en messingnål ud af sit trøjefór og
ville stikke sig med den i armen, men Tom sagde: „Den nål er
af messing, der kunne være spanskgrønt på den, det går aldrig
an."

„Hvad er spanskgrønt for noget?"

„Gift, det er hvad det er. Synk du bare lidt deraf, så skal
du se."

Derpå trak Tom tråden ud af sine nåle, og begge drengene
stak sig nu i deres tommelfingre. Efter megen trykken fik de
endelig så meget blod frem, at de kunne skrive deres forbog-
staver, og først da var eden bindende. De gemte tagspånen tæt
inde ved væggen, udtalte nogle besværgelsesformularer over
den og betragtede nu de lænker, som bandt deres tunge, som
låst og nøglen kastet bort.

En skikkelse krøb i dette øjeblik ind gennem et hul i den
anden ende af den forfaldne bygning, men ingen af drengene
mærkede det.

„Tom," hviskede Huckleberry, „vil dette altid holde os fra
at fortælle noget?"

„Naturligvis. Hvad der så end sker, så holder vi ren mund.
Ved du ikke, at vi ellers må falde om som døde?"

„Ja, så må det vel være således."

De vedblev at hviske sammen endnu en stund, indtil en-
delig en hund begyndte at hyle tæt udenfor huset. „Hvem af
os mon der er ment dermed," hviskede Huck gysende.

„Jeg ved ikke – se ud gennem sprækken der."

„Nej, det kan du, Tom!"

„Jeg tør ikke, jeg er bange, Huck!"

„Å, gør det Tom, – der er det igen!"

„O, gudskelov, nu kender jeg stemmen; det må være Bill Harbisons hund."

„Det var da godt, Tom; jeg blev forfærdelig bange; jeg troede, det var en omløbende hund."

Hunden udstødte atter et hyl.

„Å, nej, nej, det er ikke Bill Harbisons, vel Tom?" hviskede Huck.

Tom rystede af skræk, men så dog atter ud gennem sprækken: „Jo, Huck, det er en fremmed hund!"

„Oh, Tom, vi er fortabte! Og jeg ved godt, hvor jeg så skal hen – jeg har altid været en slem dreng."

„Ja, Huck, det kommer deraf, at man altid har spillet klink og gjort alt, hvad man ikke må. Jeg kunne måske have været lige så flink og god som Sid, når jeg blot havde gjort mig lidt umage derfor – men det ville jeg nu ikke, forstår du. Dog, hvis jeg slipper denne gang, så skal du se mig gå i søndagsskole, og være så flink, så flink." Og Tom begyndte så småt at snøfte.

„Du slet, Tom?" og Huckleberry begyndte også at snøfte; „nej, ved du hvad, du er jo en ren engel ligeoverfor mig! O, gud, jeg ville blot ønske, at jeg var halvt så god som du!"

„Men Huck, nu har den vendt os ryggen!"

„Sikken held! Gjorde den også det før?"

„Ja, men jeg var et fæ, der ikke tænkte derpå. Men hvem mener den da?"

Hunden holdt op at hyle; Tom spidsede øren: „Hyss! Hvad var det?"

„Det lyder ligesom et svins grynten – nej, det er nogen, der snorker."

„Ja, det er det; men hvor er det, Huck?"

„Jeg tror, det er i den anden ende af huset. Fa'er plejede at sove der somme tider."

Drengenes lyst til eventyr vågnede atter. „Huck, tør du gå med, hvis jeg går i forvejen?"

„Jeg har ikke meget lyst til det, Tom; hvis det nu skulle være Indianer-Joe?"

Det gav et sæt i Tom, men fristelsen var for stor, og drengene blev enige om et forsøg, dog stadig med den bagtanke at ville stikke af hurtigst muligt, hvis lyden holdt op. Da de var kommet hen i et par skridts afstand fra den sovende, trådte Tom på en pind, der knækkede med høj lyd. Manden klagede sig sagte og drejede sig lidt til siden, hvorved hans ansigt blev belyst af månen. Det var Muff Potter. Drengene holdt sig fuldstændig rolige, men de var ikke længere bange. Kort efter listede de sig ganske stille ud og standsede i en lille afstand fra bygningen for at veksle et par ord til afsked. Atter afbrød et langtrukkent hyl nattens stilhed. Drengene vendte sig om og så den fremmede hund stå et kort stykke fra det sted, hvor Potter lå, og hyle i retning af ham.

„Herre jemini! Ham er det den mener!" udbrød begge drengene på en gang.

Derpå skiltes de. Da Tom krøb ind ad sit sovekammervindue, var natten næsten omme. Han klædte sig stille af, krøb i seng, ingen havde mærket, at han havde været borte.

På en gang mærkede han noget hårdt under sin albue, tog genstanden, der var svøbt ind i et stykke papir, frem og viklede det ud. Da udstødte han et langt, mægtigt dybt suk og så brast hans hjerte!

Det var messingknoppen til kakkelovnsdøren, som han havde givet Becky! Dette sidste sandskorn var det, der knækkede kamelens ryg!

# 10. KAPITEL

Hen ad middag rygtedes den skrækkelige begivenhed i hele landsbyen. Lige så hurtigt som den endnu ikke kendte telegraf fløj rygtet fra mund til mund, fra hus til hus. Skolelæreren gav naturligvis straks børnene fri; landsbyens fædre ville have fundet det mærkeligt, hvis han ikke havde gjort det. En blodig kniv var blevet fundet tæt ved den myrdede, og man sagde, at nogen havde genkendt kniven som tilhørende Muff Potter. Der blev også fortalt, at en af landsbyens beboere, der havde været sent ude om natten, havde truffet på Potter, der stod og vaskede sig i en lille bæk mellem et og to om natten; dog havde Potter hurtigt sneget sig bort – alt sammen meget mistænkeligt, særlig da Potter ellers aldrig havde den vane at vaske sig! Der blev ligeledes fortalt, at hele byen var blevet afsøgt, men man kunne ikke finde morderen. Der var sendt ryttere ud i alle retninger og sognefogeden var overbevist om, at han ville blive fanget inden aften.

Hele byen valfartede til kirkegården. Toms hjertesorg var blevet mildnet, og han fulgte flokken; ikke fordi han tusinde gange hellere ville have gået en anden vej, men fordi en vis skrækkelig, uforståelig fortryllelse drev ham derhen. Da han kom til stedet, borede han sig hurtigt ind gennem mængden, indtil han stod på den plet, hvor mordet var foregået. Bedst som han stod der, mærkede han, at nogen trak ham i ærmet, og da han vendte sig, mødte han Huckleberrys blik. De var begge bange for, at alles øjne var rettet på dem, men folk talte kun i munden på hverandre, stærkt opfyldt af den skrækkelige begivenhed!

Pludselig kom Tom til at ryste over hele kroppen; hans øje faldt på Indianer-Joes sløve træk. I næste øjeblik blev der uro mellem de forsamlede og nogle stemmer råbte: „Der er han, der er han; han kommer selv herhen!"

„Hvem?" lød det fra flere stemmer.

„Muff Potter."

„Hallo! Nu standser han! Se, nu vender han om – lad ham ikke slippe bort!"

Folk, der sad oppe i træerne over Toms hoved, råbte ned, at han slet ikke gjorde forsøg på at slippe bort; han så blot lidt forvirret og forskræmt ud.

„Topmålt frækhed!" råbte en; „Her kommer han og vil tage et roligt overblik over valpladsen – her havde han ikke ventet selskab!"

Men nu veg mængden til side, og fogeden viste sig, holdende Potter ved armen. Den stakkels fyrs ansigt var gustent og hans blik skrækslagent. Da han blev stillet foran den myrdede, rystede han som et espeløv, begravede sit ansigt i hænderne og brast i tårer.

„Jeg har ikke gjort det, kære venner," stønnede han, „på mit æresord, jeg har ikke gjort det!"

„Er der nogen, der har anklaget dig?" råbte en.

Dette skud syntes at træffe. Potter løftede hovedet og så sig om med et håbløst udtryk. Herved opdagede han Indianer-Joe og råbte: „O, Indianer-Joe! Du lovede mig dog, at du aldrig – –."

„Er det din kniv?" spurgte fogeden og stak den tæt op foran hans ansigt.

Potter ville være faldet om, dersom man ikke havde grebet ham og lagt ham ned på jorden. Så mumlede han frem for sig med sagte røst: „Der var noget, der ligesom sagde mig, at hvis jeg ikke gik tilbage og – kniven – –." En gysen overfaldt ham, med sin kraftløse hånd vinkede han svagt til Indianer-Joe og stønnede: „Sig det, Joe, sig dem alt – det kan dog ikke hjælpe."

Tom og Huckleberry stod nu med forfærdelse i deres miner og hørte på, hvorledes den forhærdede skurk stod og afleverede sin beretning, mens de ventede på, at der hvert øjeblik skulle falde et lyn ned fra den klare himmel og knuse løgnhalsens hoved! Men da han havde endt sin fortælling og endnu stod lyslevende, så fortrød de lidt efter lidt deres beslutning at bryde deres ed og frelse den stakkels forrådte fanges liv, for det stod nu klart for dem, at skurken måtte have solgt sig til selve djævelen, og at det ville være altfor farligt for dem at blande sig i, hvad hans djævelske majestæt havde for.

„Hvorfor løb du ikke bort? Hvad ville du her?" var der en der spurgte den sønderknuste „morder".

„Jeg kunne ikke andet – jeg kunne ikke andet," stønnede Potter; „jeg havde i sinde at løbe bort, men der var ligesom noget, der drev mig herhen."

Indianer-Joe gentog under eds aflæggelse, hvad han først havde sagt, og drengene, der så, at lynet stadig ikke ville slå ned, blev endnu mere bestyrkede i deres tro på, at Joe havde solgt sig til selve fanden. De besluttede dog stadig at ville holde øje med ham, særlig om aftenen eller om natten, når lejlighed gaves, i det håb måske at få et glimt af hans herre og mester at se.

Den frygtelige hemmelighed gnavede stærkt på Toms samvittighed og forstyrrede hans søvn i en hel uge, og en morgen ved frokost sagde Sid: „Tom, du ligger og vælter dig og taler så meget i søvne, at du holder mig vågen den halve nat."

Tom blegnede og slog øjnene ned.

„Det er dårlige tegn, Tom," sagde tante Polly alvorligt, „hvad er det, du tænker så meget på?"

„Ingenting. Ikke noget jeg ved af." Men Toms hånd rystede, så han spildte sin kaffe.

„Og så vrøvler du så meget," vedblev Sid; „sidste nat sagde du: Det er blod, det er blod, det er sikkert nok! Og det gentog du mange gange. Og så sagde du: Pin mig ikke således – jeg skal nok fortælle det hele! Fortælle hvad? Hvad er det, du skal fortælle?"

Det løb alt sammen rundt for Tom, og det er ikke godt at vide, hvad der ville være kommet ud af det, når tante Polly ikke var kommet ham til hjælp uden at ane det. Hun bemærkede nemlig: „Å, det er naturligvis dette skrækkelige mord. Jeg drømmer næsten om det hver nat. Sommetider drømmer jeg, at det er mig, der har gjort det."

Mary sagde, at hun også havde haft urolige drømme, og derefter syntes Sid endelig at være blevet stillet tilfreds. Tom skyndte sig at komme bort fra dem, så snart det var muligt; derefter klagede han en uges tid over tandpine og bandt hver nat et tørklæde om hovedet. Han anede dog ikke, at Sid hele natten lå og lurede på ham. Hvis det virkelig var lykkedes Sid at få noget ud af Toms forvirrede snak om natten, så holdt han det i alt fald ved sig selv. Til Toms fortrydelse vedblev derimod hans skolekammerater stadig at holde forhør over døde katte, men Sid lagde mærke til, at Tom aldrig var dommer ved slige undersøgelser, noget som han altid før havde været, og observerede ligeledes, at Tom heller aldrig optrådte som vidne – og alt det fandt han meget mystisk. Tillige overså Sid heller ikke det faktum, at Tom stadig viste en stærk modvilje mod alle disse undersøgelser og altid undgik dem, såvidt muligt. Sid undrede sig højlig, men sagde intet.

Hver dag i denne bekymringens tid greb Tom enhver lejlighed til at stjæle sig hen til fængslets gittervindue og stikke sådanne småting ind til „morderen", som han mente kunne opmuntre ham. Fængslet var en lille træbygning, der lå i et morads i udkanten af landsbyen, og der var ingen arrestforvarer til at passe på, for det blev sjælden benyttet. Landsbyens beboere havde egentlig stor lyst til at dyppe Indianer-Joe i tjære og fjer og lade ham ride træhesten for hans gravrøveri, men frygten for ham var så almindelig, at ingen havde mod til at gå i spidsen, hvorfor sagen blev opgivet. Joe havde været så snedig at begynde begge sine forklaringer med slagsmålet uden at omtale, at grunden hertil var det ligrøveri, der gik forud for dette; derfor blev det anset for klogest ikke for øjeblikket at gøre noget ved denne sag.

## 11. KAPITEL

En grund, hvorfor Toms tanker ikke længere beskæftigede sig så meget med den frygtelige hemmelighed, var den, at noget nyt og betydningsfuldt nu optog ham. Becky Thatcher havde ikke været i skole i den senere tid. Tom havde i nogle dage kæmpet med sin krænkede stolthedsfølelse og søgt at lade som han „blæste hende et langt stykke", men forgæves. Der var noget, som stadig trak ham hen i nærheden af hendes faders hus, og han følte sig meget ilde til mode. Måske var hun syg – ville måske dø! Han følte hverken interesse for soldaterleg eller for sørøveri; livet havde ingen tillokkelser for ham mere, alt var mørkt og trist; han rørte ikke sit boldtræ og sit tøndebånd mere, da han ikke fandt nogen fornøjelse derved. Tanten vidste ikke, hvad hun skulle stille op med ham; hun begyndte da som forsøg at tylle alle slags medicin i ham; det var nemlig hendes specialitet at prøve alle ny opfundne lægemidler, ikke på sig selv, for hun fejlede aldrig noget, men på hvem som helst, der fejlede en smule.

Vandkure var den gang noget nyt, og Toms skranten kom som den var kaldet; her måtte hun tage affære! Hun fik ham op ved daggry hver morgen, stillede ham op ude i brændeskuret og pølede ham over med masser af koldt vand; så rubbede og gned hun ham med et håndklæde, så groft som et rivejern, og bragte ham så i seng; der svøbte hun ham ind i et vådt lagen og dækkede ham med uldne tæpper for at få „alt det onde svedt ud af hans sjæl", som Tom selv sagde.

Men trods alle disse forsøg blev Tom stadig mere og mere

bleg, melankolsk og nedtrykt. Hun forsøgte nu bade, sæde-
bade, styrtebade og brusebade – men drengen vedblev stadig
at være ligeså bedrøvelig at skue som en fattig-ligvogn. For at
afstive vandkuren begyndte hun da at ordinere en diæt af hav-
revælling og lagde ham et spansk flue-plaster på ryggen. Hun
undte ham knap fugls føde og brugte alle de kvaksalvermidler,
hun kunne få fat i.

Tom lod fuldstændig ligegyldig over for alt, hvad man gjor-
de ved ham, men tante Polly mente, at denne sløvhed skulle
og måtte sættes på døren for enhver pris. Så hørte hun for før-
ste gang „Pain Killer" omtale. Hun købte et større kvantum,
smagte på det, og hendes hjerte flød over af taknemmelighed
mod forsynet. Det var den rene ild i flydende form! Vandku-
rene og alt det andet mikseri blev indstillet, og hun slog al sin
lid til „Pain Killer". Hun gav straks Tom en teskefuld deraf
og iagttog med dybeste interesse virkningen deraf. Hendes
bekymringer var borte, hendes sjæl følte atter fred, for „sløv-
heden" forsvandt forbavsende hurtigt. Forsøgsobjektet kunne
ikke have vist nogen voldsommere eller vildere interesse, om
hun havde bygget et bål under ham og selv antændt det!

Tom følte, at det nu var på høje tid at tage sig sammen; en
sådan vegeteren kunne måske være romantisk nok på det nu-
værende tilintetgørende stadium, men der var for lidt stem-
ning og altfor meget forstyrrende variation deri! Han lagde
forskellige planer for at slippe ud deraf og bestemte sig endelig
for at lade, som „Pain Killer" var det eneste, der virkelig kunne
kurere ham. Han forlangte det derfor så ofte, at det næsten
blev en plage, og hans tante opfordrede ham til sidst til selv at
tage det for ikke evindelig at trætte hende med at hente det.
Hvis det havde været Sid, ville ingen mistanke have forstyrret
hendes glæde, men da det var Tom, ville hun dog nok holde
kontrol med sin flaske. Hun så ganske vist, at medicinen vir-
kelig svandt i flasken, men hun anede ikke, at drengen havde

besluttet at kurere en sprække i dagligstuegulvet dermed.

En dag var Tom således i færd med at give sprækken en dosis, da hans tantes røde kat kom hen til ham, gav sig til at spinde og kastede begærlige blikke efter teskeen som for at bede om at smage.

„Du må ikke bede om det, når du ikke vil have det, Peter," sagde Tom advarende – men Peter gav yderligere tegn til at ville have det.

„Men er du nu sikker på det, Peter?"

Jo, Peter var ganske sikker på det.

„Du har nu altså forlangt det, Peter, så vil jeg også give dig det, for jeg er ikke småligt anlagt; men hvis du bagefter ikke synes om det, så må du ikke give andre skylden end dig selv."

Peter syntes med glæde at ville gå ind på dette forslag, hvorfor Tom åbnede dens mund og hældte en skefuld „Pain Killer" i halsen. Men da skulle I have set Peter! Den sprang over to alen op i luften, afleverede et gennemtrængende krigs-skrig og fór så rundt i værelset, stødte mod møblerne, vælte-de blomsterpotterne og lavede i det hele en frygtelig ballade! Derpå rejste den sig på bagbenene og dansede rundt som for-rykt med hovedet bagud og udbasunerede med høj røst, hvor umanerlig lykkelig den følte sig, hvorpå den atter fór rundt i værelset, spredende forvirring og ødelæggelse, hvor den kom hen! Tante Polly kom netop i tide til at se den slå en tre fire dobbelte saltomortaler, aflevere et vældigt frydeskrig til afsked og så sætte farten ud gennem det åbne vindue, rivende resten af blomsterpotterne ud med sig. Den gamle dame stod som forstenet af forfærdelse og stirrede ud over sine briller, mens Tom lå på gulvet og vred sig af latter.

„Tom, hvad i himlens navn fejler dog katten?"

„Det ved jeg ikke det mindste om, tante," stønnede dren-gen.

„Jeg har aldrig set noget lignende, Hvad er det dog, der

har fået ham til at skabe sig således?"

„Jeg ved det virkelig ikke, tante Polly; katte opfører sig vist altid således, når de rigtig vil more sig."

„Så! Mon de gør?" Der var noget i den tone, hvormed dette blev sagt, der gjorde Tom betænkelig.

„Ja, det tror jeg nok de gør."

„Tror du virkelig?"

„Ja-a."

Den gamle dame bukkede sig nu ned, og Tom så til med en af frygt skærpet interesse. Men han havde for sent forstået, hvad hun havde bag øret. Skaftet af den forræderiske teske kunne ses under det nedhængende sengetæppe; tante Polly tog den op og betragtede den nøje. Tom blev nu urolig og så ned i gulvet, men tanten hævede ham resolut i vejret ved den sædvanlige hank – øret – og dunkede ham oven i skallen med sit fingerbøl. „Dit uhyre, hvorfor har du nu behandlet det stakkels dyr således?"

„Jeg – jeg gjorde det bare af medlidenhed, Peter har jo ingen tante."

„Din nar? Hvad kommer det det ved?"

„Jo meget, for havde Peter haft en tante, så ville hun nok selv have brændt den op indvendig. Hun ville have ristet dens indvolde ud af den uden at føle mere derved, end om det havde været et menneske!"

Tante Pollys samvittighed slog hende; det var at kaste et nyt lys over sagen; for det som var grusomt med en kat var dog måske også grusomt mod en dreng; hun var bedrøvet over, hvad hun havde gjort; der kom tårer i hendes øjne, hun lagde sin hånd på Toms hoved og sagde mildt: „Jeg gjorde det i en god mening, Tom; og det hjalp dig da også."

Tom så hende i ansigtet med en lille skælm bag øret til trods for øjeblikkets alvor: „Jeg ved godt, at du gjorde det i den bedste mening, lille tante, og det gjorde jeg jo også med

Peter; at det gjorde den godt, det er vist. Jeg har aldrig set ham løbe så nydeligt omkring – –."

„Å, gå væk med dig, Tom, før du igen gør mig vred. Lad mig se, at du kan blive en god dreng, og – medicinen skal du ikke tage mere af."

Tom kom den dag til skolen længe før tiden. Man havde lagt mærke til, at det næsten skete hver dag i den sidste tid. Og i dag stod han som sædvanlig og hang ved skoleporten i stedet for at lege med kammeraterne. Han sagde, han var syg, og det så han også ud til at være. Han lod som om han spejdede i alle retninger, undtagen netop til den side, hvorhen hans blik virkelig var rettet – nemlig ned ad gaden. Jeff Thatcher kom nu i sigte, og Tom rettede meget diplomatisk nogle spørgsmål til ham angående Becky, men Jeff lod ikke til at ville bide på krogen. Den ene lille kåbe kom til syne efter den anden, men stadig ikke den rette; Tom var ved at opgive ævret. Dog endelig viste den allersidste sig, og Toms hjerte svulmede i glad henrykkelse. I næste øjeblik var han ude mellem drengene, legede „indianer", hylede, lo, jagede efter drengene, sprang over plankeværket med fare for liv og lemmer, stod på hovedet, vendte mølle – alt imens han brugte sine øjne for at se, om Becky Thatcher lagde mærke til ham. Desværre må vi bekende – hun så ikke til den side, han var. Var det virkelig muligt, at hun var uvidende om hans nærværelse? Han vedblev med sine anstrengelser, sprang hujende frem, rev drengene om kuld og faldt endelig næsegrus hen for Beckys fødder, – men hun? Ja, hun vendte sig om med næsen i sky, og han hørte hende sige: „Uf! Nogle drenge tror virkelig, at de er svært dygtige – og så vil de altid vise det!"

Toms kinder blussede, da han hørte dette, men han lod som ingenting og sneg sig bort, nedtrykt og slukøret.

# 12. KAPITEL

Tom var nu på det rene med sig selv om, at han var en forladt, venneløs dreng; der var ingen, der mere havde noget til overs for ham; efter hans mening havde han gjort, hvad der var rigtigt, men det var ikke blevet påskønnet. Nu kunne de have det så godt.

Han var kommet et godt stykke bort fra byen, endnu kunne han i det fjerne høre skoleklokken ringe – den lyd ville han aldrig mere høre – det var hårdt, men han kunne ikke handle anderledes; man havde nu tvunget ham til at drage langt bort ud i den kolde, ubarmhjertige verden – men han ville tilgive dem!

I dette øjeblik mødte han sin svorne hjerteven Joe Harper – han gik tilsyneladende også med en af fortvivlelse fremkaldt stor beslutning i hjertet. Nu var de: „to sjæle, én tanke!" Joes moder havde banket ham, fordi han skulle have drukket noget fløde, som han aldrig i sit liv havde smagt eller kendte noget til; det var klart, at hun var ked af ham og ønskede ham langt bort. Mens nu begge drengene betroede hinanden deres sorger, besluttede de for fremtiden at stå last og brast sammen og aldrig skilles, før døden befriede dem fra deres kvaler. Så begyndte de at lægge planer op. Tre mil nedenfor Petersburg lå der i Mississippi en lang lav skovbevokset ubeboet ø ved navn Jacksons Ø. Her ville de trække sig tilbage, her ville ingen søge dem, så meget mindre som der ligeoverfor øen på den anden flodbred var en tæt, uigennemtrængelig skov.

De fik snart fat i Huckleberry Finn, og han var straks villig til at deltage i, hvad det skulle være. Det blev aftalt, at de hen ad aften skulle mødes på et ensomt sted ved floden; her lå en lille flåde, som de ville tage, og som skulle føre dem ned til øen; de ville medtage fiskesnører og kroge og sådanne levnedsmidler, som de lettest kunne få fat i.

Ved midnat kom Tom til stedet med en kogt skinke og nogle andre småting. Han ventede en stund, så arriverede de to andre; Joe havde også neglet en skinke, og Huck havde stjålet en pande, en lille portion vådt tobak og nogle majsstængler til at lave piber og fløjter af; de sidste sager var kun for hans egen mund, da ingen af de andre røg tobak. Tom mente også, at det ikke var klogt at drage bort uden at have ild med sig, han havde derfor medtaget nogle gløder i en lukket ildskuffe; det var en fornuftig tanke, for den gang var tændstikker kun lidet kendte.

Så begav de sig på vej nedad floden, roede og stagede, hvor det gjordes fornødent, men lod den meste vej flåden drive i midten af floden. Omtrent kl. 2 nåede de tæt til øen, vadede ind og bar alt, hvad de havde med sig, op i land, hvor de spredte et gammelt sejl ud over nogle buske og gemte deres levnedsmidler under det. Lidt længere inde i skoven tændte de et bål og stegte noget af deres skinke i panden, lagde sig så i græsset, hvilede ud og passiarede, alle meget tilfredse med det nye liv, de her havde begyndt. Da Tom næste morgen vågnede, vidste han knap, hvor han var. Han satte sig op og gned øjnene. Det var en kølig grå morgen; alt var stille omkring ham, ikke et blad rørte sig, klare dugdråber hang overalt i græsset og på bladene. Joe og Huck sov endnu. Enkelte fugle begyndte at synge. Tom vækkede sine kammerater, og de tog sig først alle et forfriskende bad i floden.

Joe stegte så atter skinke til frokost, mens Tom og Huck ilede ned til vandet med deres fiskesnører, og det varede ikke længe, før de havde fanget fisk nok til en hel familie. De blev stegt sammen med skinken og smagte dem storartet.

Efter måltidet foretog de en længere opdagelsesrejse gennem hele øen, og det var allerede ud på eftermiddagen, før de igen kom tilbage til deres lejr. De var for trætte til igen at fange fisk, spiste derfor kun noget kold skinke og lagde sig ned for at hvile. Samtalen gik hurtigt i stå; der var ligesom noget, der tyngede på deres sind – de begyndte allerede at få en let følelse af – hjemvé! Selv Huckleberry drømte om sine tilflugtssteder på trappegange og i tomme sukkerfade. Men de skammede sig dog alle ved at udtale deres svaghed for hinanden.

Denne stemning blev dog pludselig afbrudt ved lyden af en dæmpet rullen i det fjerne. Huck mente, at det var torden, og de blev enige om at ville undersøge sagen. Skjult af buskene stirrede de ud i retning af landsbyen. Den lille dampfærge drev med strømmen ned forbi byen, og dens dæk var opfyldt med mennesker. Der roede tillige en mængde småbåde omkring i alle retninger, men drengene kunne ikke fatte, hvad det var, man havde for. Så hørtes der atter et dæmpet knald, og en hvid røg steg op fra dampfærgen.

„Nu ved jeg det," udbrød Tom; „Der er nogen, der er druknet!"

Han stod derpå længe tavs og stirrede op ad floden; endelig faldt der ham noget ind. „Hør, kammerater, nu ved jeg, hvem det er, der er druknet; det er os!"

I dette øjeblik følte de sig som helte; det var en vældig triumf; de blev eftersøgte, man anlagde sorg for dem; tårer blev udgydt for deres skyld, og det bedste ved det hele var, at de var genstand for hele byens samtale, for alle drengenes bitre misundelse! Det var storartet, kunne aldrig være bedre!

Da det begyndte at blive mørkt, gik dampfærgen tilbage til sin sædvanlige daglige fart, og bådene forsvandt også. Drengene vendte tilbage til deres lejr, lavede aftensmad og spiste den, mens de i deres fantasi udmalede de videre begivenheder for hinanden; men da nattens skygger lagde sig tæt omkring dem, blev de mere tavse, og tankerne vendte sig mod dem derhjemme, der nu sad og sørgede over deres borteblevne drenge. Omsider lagde Joe og Huck sig til at sove, men Tom lå vågen, hensunket i tanker. Endelig rejste han sig sagte op og begyndte at søge omkring i græsset i nærheden af bålet. Her fandt han et par barkstykker af den tynde hvide bark af sykamoren. Ved skæret af ilden skrev han nogle ord på dem med rødkridt; et af stykkerne rullede han sammen og stak i sin jakkelomme, mens det andet blev anbragt i Joes hat, som han lagde i græsset lidt borte fra dens ejer. Derpå stak han nogle af de „kostbarheder", som skoledrenge særlig sætter pris på, i hatten og sneg sig så forsigtig bort mellem træerne i retning af øens yderste pynt.

Nogle minutter efter vadede han ud i det flakke vand over mod Illinois-siden af floden. Et stykke måtte han svømme, men kom dog snart i land og fulgte nu floden opad mod byen. Lidt før klokken ti kom han til en åben plads ligeoverfor landsbyen og så her færgen ligge i skyggen af træerne og den høje flodbrink. Alt var stille og roligt. Han gik nu atter ned i vandet, svømmede et par tag, krøb så op i den lille båd, der lå agten for færgen, og gemte sig under tofterne. Kort efter lød klokken og færgen satte sig i bevægelse. Efter et kvarters forløb standsede den igen, Tom sprang ud af båden og svømmede i land; i mørket. Han listede sig nu ad lidet befærdede stier og standsede omsider ved sin tantes plankeværk, som han klatrede over, nærmede sig huset og kiggede ind af dagligstuevinduet, hvor der brændte lys. Der indenfor sad tante Polly, Sid, Mary og Joe Harpers moder i dyb samtale. Tom kendte døren og vidste, at den med forsigtighed kunne åbnes, uden at den knirkede. Han gjorde et forsøg, kom ind, og uden at nogen mærkede det, var han inde under sengen, der stod mellem døren og det sted i stuen, hvor familien havde taget plads.

Tante Polly sagde netop: „Ja, som jeg siger, drengen var ikke slet, langtfra – kun nu og da lidt uartig og ikke altid fri for gavtyvestreger, men han mente såmænd ikke noget ondt dermed, han var i det hele en rigtig godhjertet dreng –" her begyndte den gamle dame at græde.

„Ja, det var såmænd ligedan med Joe," sagde hans moder

sukkende, „altid fuld af spilopper, men uegennyttig og god – og tænk, jeg gav ham prygl fordi han drak min fløde, og så huskede jeg ikke på, at jeg selv havde kastet den bort, fordi den var sur; og nu ser jeg måske aldrig min stakkels, kære dreng mere!"

„Jeg håber Tom har det godt, hvor han nu er," sagde Sid, „men havde han været noget bedre – –."

„Sid!" udbrød tanten, „ikke et ondt ord om Tom, nu da han er borte, gud vil nok tage sig af ham. O, fru Harper! Jeg kan ikke undvære ham; han var mig så kær, skønt han så ofte gjorde mig bedrøvet!"

„Herren gav, herren tog, herrens navn være lovet! Men det er hårdt, meget hårdt! Det er såmænd ikke længere siden i lørdags, at Joe afbrændte en kineser lige i ansigtet på mig og jeg gav ham nogle stryg derfor. Da vidste jeg ikke, hvor snart – –."

„Ja, ja, jeg forstår godt deres følelser, fru Harper. Det er ikke længere siden end i går, at Tom gav katten „Pain Killer", så dyret var nær ved at rive huset ned; han fik så sine klø, stakkels dreng! Men nu er alle hans besværligheder forbi; det sidste ord jeg hørte af ham var en bebrejdelse– –.

Tom hørte dem alle græde og hulke, han havde stor lyst til at fare frem og forvandle deres sorg til glæde, men nu sagde fru Harper farvel og de to kvinder græd i hinandens arme; Sid og Mary hulkede. Tom måtte blive hvor han var en stund efter at tante Polly var gået til sengs, for han kunne høre, at hun lå længe vågen og sukkede dybt. Endelig blev alt roligt, drengen krøb ud, kastede et kærligt blik på den gamle dame, kyssede hende let på kinden, og ilede bort, efter sagte at have lukket døren efter sig.

Han gik derefter tilbage til landingsstedet, steg rask ombord i færgen, hvor han vidste, der nu ingen var, gjorde båden agter los og roede op ad floden. Derpå drev han atter et stykke nedad med strømmen og landede ved færgens anløbsplads på den anden side floden. Det var højlys dag, før han nåede hen tværs af øen; her sprang han i vandet, svømmede over og kom, drivende våd, hen til lejren, hvor han hørte Joe sige: „Jo, Huck, Tom er god nok, og han kommer nok tilbage skal du se. Han løber ikke bort. Han har en eller anden spas for, men hvad det er, forstår jeg ikke."

„Men sagerne her det er dog vore?"

„Vist så, men dog ikke endnu, Huck. Han skrev at det er vore, hvis han ikke kom tilbage til frokost."

„Og her er han!" udbrød Tom med fuldstændig dramatisk effekt og marcherede stolt ind i lejren. Frokosten blev lavet, Tom fortalte sine oplevelser og lagde sig derpå til at sove, mens de andre gik ud at fiske.

Drengene tilbragte nu atter et par dage på deres ø, fiskede, jagede, søgte efter fugleæg, sov, spiste og fik dagen til at gå på bedste måde, dog blev deres længsel efter hjemmet større og større, og flere gange var det under alvorlig overvejelse hos dem alle, eller den af dem, hos hvem hjemveen i øjeblikket meldte sig kraftigst, om de ikke skulle vade eller svømme over til den nærmeste kyst, hvilket dog alligevel snart blev opgivet. Vi vil nu forlade dem en stund og se, hvorledes det gik hjemme i landsbyen.


## 13. KAPITEL

Lørdag eftermiddag var det otte dage siden, at drengene var forsvundet, og i al den tid havde der hvilet en mismodig stemning over den lille landsby. Både den harperske familie og tante Pollys familie havde anlagt dyb sørgedragt. Der herskede en usædvanlig stilhed overalt. Beboerne udførte deres arbejde med en adspredt mine og talte kun lidet sammen. Lørdag eftermiddags frihed syntes også at hvile som en byrde på børnene; ingen af dem havde lyst til at lege, alle gik de stille om med alvorlige miner.

Om eftermiddagen drev Becky Thatcher alene om i nærheden af den forladte skolegård og var i en meget melankolsk stemning. Hun fandt intet, der kunne trøste hende. „Blot jeg endda havde hans messing-knop igen, men jeg har slet intet til erindring om ham," og hun udstødte et dybt suk. Lidt efter standsede hun og sagde til sig selv: „Ja, her var det. O, når jeg blot kunne gøre det om igen, så ville jeg aldrig sige det, ikke for alt i verden! Men nu er han borte, og jeg skal aldrig se ham mere!"

Denne tanke gjorde hende ganske trøstesløs, og hun gik omkring med tårerne perlende ned ad kinderne. Så kom der flere drenge og piger til – Toms og Joes legekammerater; de stod og så over gærdet og talte i en alvorlig tone om, hvad Tom bestilte den sidste gang, de så ham. Og hvorledes Joe sagde dit og gjorde dat, og hver af drengene kunne nøje påvise det sted, hvor deres bortblevne kammerater sidst havde stået. Så skændtes de om, hvem der havde set dem for sidste gang, og da det endelig var afgjort, hvem denne ære tilkom, så påtog vedkommende sig en mine af højtidelig værdighed og var genstand for forfærdelig misundelse fra de andres side. En stakkels fyr, der ikke havde noget at prale af, sagde med et svagt forsøg på at hæve sig i højde med de andre: „Ja, Tom Sawyer har engang givet mig en ordentlig dragt klø."

Det var dog alligevel en fejl spekulation af ham, de fleste drenge kunne melde om noget lignende, og derved svækkedes indtrykket en del.

Da søndagsskolen var forbi næste morgen, begyndte klokken at kime, i stedet for at ringe på sædvanlig vis. Det var en meget stille søndag og den højtidelige klang syntes at lyde i harmoni med den drømmende stilhed, der hvilede over naturen. Kirken begyndte at fyldes; endelig trådte tante Polly ind, fulgt af Sid og Mary, derpå kom den harperske familie, alle i dyb sorg. Hele menigheden rejste sig, mens de sørgende indtog deres pladser i den forreste stol.

Gudstjenesten begyndte, præsten talte smukt om de borteblevne drenges mange gode egenskaber, så alle de tilstedeværende pintes af selvbebrejdelser, fordi de hidtil havde været så forblindede ikke at se andet end fejl hos disse stakkels drenge. Præsten omtalte deres gode, ædelmodige natur, hvor kærlige og opofrende de havde været, alt sammen egenskaber, som de tilstedeværende slet ikke kendte noget til før nu, da de tidligere altid havde betragtet dem som tre små slyngler, der stadig havde gjort sig fortjente til at have pisken over hovedet. Hele menigheden blev mere og mere bevæget, og til sidst hørte man kun hulken og gråd over hele kirken.

Oppe på galleriet hørtes der nu en let støj, som for resten ingen lagde synderlig mærke til, men et øjeblik senere knirkede kirkedøren, præsten hævede sit tårefyldte blik over sit våde lommetørklæde og stod da et øjeblik som forstenet! Så begyndte først en, så flere at følge retningen af pastorens blikke, og – næsten som ved et trylleslag – rejste hele menigheden sig op og gav sig til at stirre på tre drenge, der kom marcherende op ad kirkegulvet – Tom i spidsen, så Joe og endelig Huck, en skræmsel i bare pjalter, bagefter! De havde været skjult i det ubenyttede galleri, hvor de havde hørt deres egen ligtale!

Tante Polly, Mary og den harperske familie styrtede straks over de genopstandne drenge, klappede, kælede for og kyssede dem under de kærligste udråb, mens stakkels Huck stod forlegen og lidt ubehagelig til mode, uden ret at vide, hvad han skulle gøre eller hvor han skulle skjule sig for de mange stirrende blikke. Han vaklede og var i begreb med at snige sig bort, da Tom greb fat i ham og sagde: „Tante Polly, dette er ikke rigtigt. Der må dog være nogen, som vil være glad ved at se Huck!"

„Ja det er der, det er der! Jeg er virkelig rigtig glad ved at se dig igen, din stakkels moderløse skabning!" udbrød tante Polly, men hendes kærlighedsfulde ytringer gjorde kun Huck endnu mere forlegen.

Pludselig hørtes præstens stemme, idet han med høj røst istemte salmen: „Pris gud for al hans kærlighed, læg alt dit hjerte til – –!"

Og det blev gjort, gamle oldinge stemte op med en triumferende klang i deres kvækkende røst, og mens sangen fik murene til at ryste, kastede Tom Sawyer et blik på den misundelige ungdom rundt omkring ham og var enig med sig selv om, at dette øjeblik var det stolteste i hans liv!

Da menigheden kort efter strømmede ud af kirken var alle enige om, at de ville give meget til endnu en gang at høre de gamle oldinge synge med sådan kraft.

Tom fik flere omfavnelser og kys den dag, end han havde modtaget i hele sit liv; og han vidste knap, om det var udtryk af taknemmelighed mod forsynet eller af kærlighed til ham, Tom!


## 14. KAPITEL

Tom havde hemmelig udklækket den store plan at ville vende hjem med sine to staldbrødre for at overvære sørgegudstjenesten over dem selv. De havde lørdag aften i mørkningen vrikket sig over floden på en træstamme, var landet et stykke nedenfor landsbyen, havde sovet i skoven tæt derved til daggry, derpå sneget sig frem langs grøfter og gærder og endelig taget den sidste morgenlur i kirkens galleri mellem en bunke sønderbrudte bænke.

Ved frokosten mandag morgen viste tante Polly og Mary overstrømmende opmærksomhed mod Tom, trakterede ham med hans livret, fedtebrød med ost, og talen gik let og utvungent under måltidet.

„Jeg vil jo ikke påstå, min kære Tom," bemærkede tanten blandt andet, „at det var videre net af jer drenge således at lade os gå en hel uge i spænding og angst, aller værst var det dog, at du kunne være så hårdhjertet at lade din stakkels gamle tante gennemgå alle disse kvaler. Når du kunne komme herover på en træstamme for at overvære ligtalen over dig selv, kunne du min sandten også gerne have givet mig et vink om, at du ikke var død, men blot stukket af."

„Ja, det burde du have gjort, Tom," sagde Mary, „men det har du naturligvis ikke tænkt videre over."

„Ja, havde du tænkt derover, ville du også have gjort det, ikke sandt Tom?" sagde tanten med et forventningsfuldt smil.

„Ja, jeg ved næsten ikke – det ville have spoleret os hele fornøjelsen."

„Jeg antog dog, at du holdt så meget af mig, at du i det mindste havde tænkt derpå, selv om din tanke ikke var kommet til udførelse," sagde tante Polly sørgmodigt.

„Å, lille tante," sagde Mary, „du ved jo nok, at Tom aldrig tænker over, hvad han gør; alt skal gå – hu hej – for ham!"

„Jeg ville for resten nok have ønsket, at jeg havde tænkt lidt mere på jer," sagde Tom i en angrende tone, „men jeg har drømt om jer, det er dog; altid noget."

„Det er ikke meget – det kan enhver kat gøre, men noget er da bedre end ingenting. Hvad drømte du så?"

„Jeg drømte, at du onsdag aften sad der ved sengen; Sid på trækassen og Mary ved siden af ham. Så drømte jeg, at Joe Harpers moder også var her."

„Ja, det er rigtigt nok alt sammen; kan du huske mere?"

„Jeg synes at vinden – at vinden, ja hvad var det vinden gjorde – –." Tom betænkte sig nogle øjeblikke og råbte da: „Nå, nu ved jeg det, nu ved jeg det! Den blæste lyset ud!"

„Men du søde grød! Og det drømte du virkelig, Tom! Var der så mere?"

„Det var lie'som du sa'e: Jeg tror at den dør – ja, lad mig se – du sa'e, at døren vist var åben."

„Lige så vist som jeg sidder her – det gjorde jeg også – gjorde jeg ikke, Mary?"

„Jo."

„Nå, og så sa'e du til Sid om at lukke den!"

„Det er dog det besynderligste af alt! Aldrig i mine livsens dage har jeg dog hørt mage! Nu er der ingen, der skal komme og fortælle mig, at drømme intet betyder. Det skal Serene Harper nok få at vide, før jeg er en time ældre; lad hende så komme med al hendes vrøvl om at drømme intet betyder men, bliv bare ved, Tom."

„Ja, nu husker jeg det grangiveligt. Det næste du sagde var, at jeg var en rigtig uvorn spilopmager, men dog ikke ond af karakter – man kunne nærmest sammenligne mig med et ungt føl eller noget lignende."

„ Ja, ja, det sagde jeg virkelig – du nådige fader i himlen! Hvad mere, Tom?"

„Og så gav du dig til at græde."

„Ja, det gjorde jeg – ja, det gjorde jeg, og det var ikke første gang; og så – –."

„Så begyndte fru Harper også at græde og sagde, at Joe han var akkurat ligeså – bare hun ikke havde givet ham klø for den fløde, som han ikke havde taget."

„Tom, ånden var over dig; du må have fået en profetisk gave! Det er jo storartet; men bliv ved, bliv ved!"

„Så sagde Sid – –."

„Jeg tror slet ikke jeg sagde noget," bemærkede denne.

„Vist så – hvad sagde han, Tom?"

„Han sagde – jeg tror nok han sagde, at – jeg havde det bedre der, hvor jeg var kommet hen, og hvis jeg havde været bedre – –, men så bad du ham holde sin mund."

„Ja, det er virkelig sandt."

„Og så fortalte du om Peter og om „Pain Killer" – –."

„Ja, ja."

„Så talte i om sørgefesten på søndag for os, og så gik fru Harper og du blev siddende og græd – ja så ved jeg virkelig ikke mere."

Senere gik børnene i skole, og den gamle dame gjorde en visit hos fru Harper og besejrede hendes vantro ved at fortælle hende Toms vidunderlige drøm. Sid derimod var for snu til at komme frem med, hvad han tænkte, men skulle han have sagt det, havde det sikkert lydt således: „Det var ellers en lang drøm – og forbandet tynd i sit indhold!"

Men hvilken helt dog Tom nu var blevet! Der var ikke tale om, at han nu gik og gjorde krumspring og agerede hest, nej – han bevægede sig med stolt værdighed nedad gaden, som en mand, der føler, at han er genstand for offentlig opmærksomhed! Og således var det også, han lod som han slet ikke bemærkede den nysgerrighed, han var genstand for, eller hørte de bemærkninger, der faldt, hvor han gik forbi, men i sit inderste frydede han sig dog svært derved. Alle de små drenge fulgte ham i hælene, stolte af at være i hans nærhed, og han gik også her som en tamburmajor i spidsen for sit regiment, eller som den ledende elefant i et menageri, der drager ind i en by.

I skolen gjorde børnene stor stads af både ham og Joe, og deres øjne udstrålede en sådan beundring, at vore to helte følte sig som hævede til skyerne af bare vigtighed. De begyndte med at fortælle nogle af deres eventyr for en højst interesseret tilhørerkreds – men det var kun en begyndelse – det blev til en fortælling, der aldrig fik ende, når man besad en indbildningskraft, som vore to heltes; og når de til sidst trak deres piber frem, som Huck havde lært dem at benytte på rette måde, og gik omkring, udsendende svære røgskyer – så havde de næsten nået ærens højeste top!

Tom besluttede nu ikke at bryde sig mere om Becky Thatcher, men kun at leve for ærens skyld alene. Nu da han havde udmærket sig således, kunne hun måske få lyst til at få det gamle forhold fornyet igen – ja, lad hende bare prøve, hun skal få at se, at han kunne være ligeså afvisende som somme andre! Lidt efter kom hun da også – Tom lod som han slet ikke så hende, gik hen til en klynge drenge og piger og begyndte at snakke løs med dem. Han lagde dog snart mærke til, at hun trippede frem og tilbage lige bag ved ham, smilende, med rødmende kinder og strålende øjne, idet hun tillige lod, som hun var svært optaget af at jage efter sine skolekammerater; men han bemærkede alligevel godt, at hun altid passede at fange sine veninder i *hans* nærhed, og at hun altid kastede talende blikke til ham. Det vakte straks hans forfængelighed; men i stedet for at følge vinket, lod han endnu mere ligegyldig og gjorde sig endnu større umage for at undgå de snarer, som han så, hun udspændte for ham. Omsider opgav hun dog at springe omkring og vandrede i stedet herfor frem og tilbage, udstødte små klagende suk, og så hen på Tom med hemmelighedsfulde og meget talende øjne. Men da hun opdagede, at han gav sig mere af med Amy Lawrence end med nogen af de andre piger, følte hun ligesom et stik i sit hjerte, og ærgrelse og skinsyge opfyldte hendes sind. Hun forsøgte at ville gå sin vej, men de små forræderiske fødder bragte hende i stedet nærmere til børneklyngen. Med påtagen livlighed tiltalte hun så en af de småpiger, der stod ved siden af Tom: „Nå, Mary Austin! Du er ellers en net en! Hvorfor var du ikke i søndagsskole i går?"

„Jeg var der jo– så du mig ikke?"

„Jeg – nej; hvor sad du da?"

„Jeg sad, hvor jeg altid plejer at sidde – i frk. Peters klasse, jeg så dig godt."

„Gjorde du? Har du hørt at vi skal have skovtur og min moder indbyder kun dem, som jeg vil have med, og dig vil jeg gerne have med."

„Tak, det var da dejligt. Skal alle drengene og pigerne med?"

„Ja, alle dem der er venner med mig, eller – som ønsker at være det," her kastede Becky et betydningsfuldt blik hen til Tom, men han fortalte netop Amy Lawrence en lystig historie fra deres ophold på øen og lagde ikke mærke til noget.

Alle de små piger bad nu i munden på hinanden, om de ikke måtte komme med, og trængte sig alle om hende med undtagelse af Tom og Amy, og kort efter gik begge disse bort fra de andre. Beckys læber skælvede og der kom tårer i hendes øjne; hun søgte vel at lægge skjul derpå ved at vise en forceret munterhed, men i virkeligheden brød hun sig hverken om skovtur eller noget andet, men skyndte sig bort, såsnart det lod sig gøre og lod sine tårer have frit løb. Afsides fra de andre satte hun sig ned, ene med sine bedrøvelige tanker, men da klokken ringede, stod hun op, stak næsen i sky med et hævngerrigt udtryk, knipsede en fold ud på sin kjole og sagde højt: „Nu ved jeg, hvad jeg vil gøre!"

I frikvarteret fortsatte Tom med glad selvbevidsthed sin kur til Amy, men søgte samtidigt at opdage, hvor Becky havde skjult sig, for igen at komme til at drille hende. Endelig fandt han hende, men glæden herover var dog noget blandet. Hun sad nemlig nu nok så hyggeligt på en lille bænk bag skolen og så billeder sammen med Alfred Temple, og begge var så optaget deraf og stak hovederne så tæt sammen, at de lod til at være fuldstændig uvidende om, hvad der foregik omkring dem.

Toms skinsyge brød da ud i høje flammer. Han foragtede sig selv, fordi han havde forsmået den lejlighed til forsoning, som Becky havde givet ham; han skældte sig selv ud for fæ, dumrian og flere lignende skønne navne; ja han kunne gerne have grædt af lutter ærgrelse! Amy vedblev at snakke lystigt op, mens de gik frem og tilbage, for der var nu atter jubel i hendes hjerte, mens Tom næsten var blevet stum; han hørte knap på, hvad Amy fortalte, og for hver gang hun gjorde en pause for at høre, hvad han svarede, fik hun blot et forkert svar, eller også slet ingen. Tom holdt sig stadig nær ved bagsiden af skolen, hvor det pinlige optrin, der skar ham lige ind i sjælen, foregik. Han kunne ikke lade være, skønt han næsten gik ud af sit gode skind ved at se, at Becky Thatcher tilsyneladende fuldstændig havde strøget ham på listen over de levendes tal.

Tom tog dog fejl; hun så ham netop godt og vidste nu, at hun igen var den sejrende, og gottede sig rigtig ved at se ham lide de kvaler, som hun selv før havde lidt. Amys gemytlige pludren blev ham snart uudholdelig; han slog forgæves på, at der var noget, han skulle have udrettet, noget, der absolut skulle gøres, og som det var på høje tid at få gjort; men alt forgæves – pigebarnet pludrede bare væk! Tom tænkte ved sig selv: Hvordan i al verden skal jeg dog slippe bort fra hende? Til sidst meddelte han hende, at nu var han absolut nødt til at gå, hvortil hun dog ganske troskyldig svarede, at hun nok skulle være der igen, når skolen holdt op; han skyndte sig derpå af sted med hjertet opfyldt af bittert had mod hende!

„Hellere enhver som helst anden dreng end denne Alfred Temple!" sagde Tom til sig selv og skar tænder, „enhver anden i hele byen end denne skinhellige fyr, der bilder sig ind, at han er udhalet så elegant som nogen prins! Jo, pyt, du skal nok få dit fedt, min ven! Jeg tampede dig den første dag, du viste dig i byen, og du kan tro, at jeg endnu en gang skal gøre dig mør! Vent bare til jeg får tag i dig igen, så skal – –" og han lod som han gik og kløede løs på en indbildt modstander, gjorde udfald i luften og slog og sparkede omkring sig til alle sider; „Der har du den – – og så en til –. Har du snart fået nok? – Lad det lære dig at holde dig i skindet!"

Ved middagstid løb Tom hjem. Han kunne ikke udholde at være genstand for alle Amys kælne tilnærmelser, og hans Jalousi voldte ham bestandig større kvaler. Becky begyndte igen at se billeder sammen med Alfred, men da tiden gik, og der ingen Tom viste sig på skuepladsen, begyndte hun synlig at tabe interessen; og efter et par gange forgæves at have lyttet efter Tom, blev hun efterhånden mere og mere alvorlig og adspredt. Til sidst følte hun sig helt elendig og ønskede ved sig selv, at hun ikke var gået så vidt; og da den stakkels Alfred mærkede, at hun ikke brød sig mere om ham, søgte han at få sine faldne aktier til at stige ved et par gange at bemærke: „Se her, se her, Becky, her er et rigtig kønt billede," men så tabte hun til sidst tålmodigheden og sagde vrippent: „Å, plag mig dog ikke mere, dreng; jeg bryder mig slet ikke om disse billeder, væk med dem," hvorpå hun brast i tårer, stod op og gik bort fra ham.

Alfred skyndte sig efter hende og søgte at gøre hende mild og forsonlig igen, men så råbte hun vredt: „Gå væk med dig; kan du ikke lade mig være, dreng!"

Alfred blev stående og undrede sig over, hvad han dog nu havde gjort hende, men hun fortsatte grædende sin gang uden at vende sig om. Så vendte Alfred tilbage til den tomme skolebygning; han følte sig krænket og tilsidesat, men fattede dog snart, hvorledes det hele forholdt sig – den lille knipske skønhed havde simpelthen brugt ham som legetøj for at hævne sig på Tom Sawyer! Alfred hadede ikke Tom mindre end før, da dette gik op for ham og ønskede, at han blot kunne finde på noget, der ret kunne bringe denne i forlegenhed, dog uden at han selv løb nogen risiko; så faldt hans blik på Toms læsebog. Ja, her var jo en lejlighed! Han slog op på det sted, hvor de om eftermiddagen skulle have lektier for og hældte blæk ned over siderne i bogen. Becky, der netop havde kigget ind ad et af vinduerne, så godt, hvad han havde for, men smuttede dog bort, uden, at han opdagede hende. Hun skyndte sig da hjemefter i den hensigt at opsøge Tom og fortælle ham, hvad Alfred havde gjort – Tom ville da sikkert være hende taknemlig og alle deres bekymringer ville være forbi – men før hun var kommet halvvejs hjem, havde hun alligevel forandret sin beslutning. Tanken om, hvorledes Tom havde behandlet hende, da hun talte om skovturen, begyndte atter at tynge på hendes sind og fylde det med harme. Hun besluttede da at lade sagen gå sin gang, lade ham få sine stryg for den tilsølede læsebog og endelig til slut – hade og afsky ham evig og altid!

## 15. KAPITEL

Tom kom hjem i en meget traurig sindsstemning, og det første, hans tante sagde til ham, viste ham, at der var torden i luften.

„Tom, jeg kunne have den største lyst til at slå dig så flad som en pandekage!"

„Hvad har jeg da forsyndet mig med, tante?"

„Jo, du har såmænd lavet nogle nydelige frikadeller! Her stavrer jeg som en anden gammel tosse over til Serene Harper og mener, at jeg skal få hende til at tro alt det vrøvl om din drøm, og så viser det sig, at hun allerede har fået pumpet ud af Joe, at du selv havde været herovre og hørt alt det, vi talte om den aften! Tom, hvad tror du egentlig der bliver af den dreng, der lyver i en sådan grad? Det gør mig forfærdeligt ondt, at du kan nænne at lade mig gamle menneske gå over og gøre mig selv til nar, mens du tier bomstille!"

Det var at se sagen fra en ny side. Toms fiffighed om morgenen med fortællingen om drømmen, som han selv havde været meget stolt af, syntes ham nu at være både simpel og tarvelig. Han hang med hovedet og brød sin hjerne for at finde en udvej; endelig kom det sagte fra ham: „Tante, jeg ville ønske, at jeg ikke havde gjort det – men jeg tænkte ikke over det!"

„Barn, barn! Du tænker aldrig over, hvad du gør eller siger; bare du kan more dig og gøre spilopper; du kommer her ved nattetid den lange vej ovre fra Jacksons Ø blot for at le ad al vor sorg og så bagefter fortælle mig denne løgnehistorie om din drøm; derimod kunne det vist aldrig falde dig ind at beklage os, eller fri os fra de bekymringer, vi har haft for din skyld."

„Ja, lille tante, jeg ved godt, at det var simpelt gjort af mig, men det var heller ikke min mening at komme herover den nat for at le ad dig."

„Hvad mon du da kom herover for?"

„Kun for at sige dig, at du ikke skulle være bange for vor skyld, da vi slet ikke var druknede."

„Tom, Tom, jeg ville være herren evig taknemlig, hvis jeg kunne tro, at du virkelig havde haft en sådan tanke; men det er vist en ny usandhed, du stikker mig."

„Jo, det var virkelig min bestemmelse, tante – jeg ville ønske, at jeg aldrig måtte komme levende bort fra denne plet, hvis det ikke er sandt!"

„Tom, lyv nu ikke – stå nu ikke der og lyv for mig, det gør kun sagen mange gange værre."

„Det er ingen usandhed, lille tante, det er den rene, skære sandhed; jeg ville blot, at du ikke længere skulle sørge – det var derfor, jeg kom herover."

„Jeg ville såmænd gerne give den halve verden for at kunne tro det – det ville dække over mange af dine synder, Tom. Så kunne jeg næsten være glad, fordi du havde opført dig så slet; men det lyder næsten utroligt, barn, for hvorfor sagde du det da ikke til mig?"

„Jo, hør nu en gang, tante; da du begyndte at tale om sørgefesten for os, fik jeg straks ideen om at komme herover, skjule os i kirken og bivåne festen, og så nænnede jeg ikke siden at spolere den fornøjelse for os selv. Derfor stak jeg barkstykket, hvorpå jeg havde skrevet til dig, i lommen igen og holdt min mund."

„Hvilket stykke bark?"

„Ih, det, hvorpå der stod, at vi var draget ud for at lege sørøvere. Bare du var vågnet, da jeg kyssede dig.

„Kyssede mig? Kyssede du mig da virkelig, Tom?"

„Ja, det gjorde jeg."

„Er du nu også vis derpå?"

„Ja, det er både vist og sandt."

„Men hvorfor kyssede du mig da, Tom?"

„Fordi jeg holdt så meget af dig, som du lå der og havde grædt for min skyld, og det gjorde mig ondt."

Disse ord lød egentlig temmelig tilforladelige, og den gamle dames stemme var bevæget, da hun sagde: „Så kys mig da igen, Tom – og så skal du skynde dig i skole, men husk, lad være at gøre mig bedrøvet en anden gang, forstår du!" Så snart Tom var gået, løb hun hen til klædeskabet og tog de sørgelige rester af den jakke, som Tom havde haft på under sin udflugt som sørøver til øen. Hun stod længe med den i hånden, og sagde da endelig til sig selv: „Nej, jeg tør ikke. Stakkels dreng. Han siger vist atter en usandhed – men det er alligevel sådan en god og kærlig usandhed, som han blot fortæller for at gøire mig glad. Jeg nænner ligefrem ikke at overbevise mig om, at det ikke er sandt."

Alligevel kunne hun ikke modstå, men undersøgte til sidst jakken, og fandt da også barkstykket. Med tårefyldte øjne læste hun, hvad der stod skrevet derpå og sagde ved sig selv: „Nu kunne jeg gerne tilgive drengen, selv om han havde syndet tusind gange!" –

## 16. KAPITEL

Der var noget i den måde, hvorpå tante Polly kyssede Tom, som drev alt hans dårlige humør bort og atter gjorde ham let om hjertet og vel til mode. På vejen til skolen havde han det held at støde på Becky Thatcher. Uden et øjebliks betænkning løb han hen til hende og sagde: „Jeg opførte mig rigtig afskyeligt imod dig i dag, Becky, og det er jeg meget ked af. Men jeg vil aldrig – aldrig bære mig sådan ad mere – lad os igen være venner, hører du?"

Pigebarnet standsede og så foragteligt på ham. „Det er vist bedst, at du passer dig selv, hr. Tom Sawyer. Dig vil jeg ikke tale mere med!" – og dermed slog hun med nakken og gik videre. Tom blev stående aldeles målløs og havde ikke en gang så megen åndsnærværelse, at han kunne sige: „Det kan såmænd også være lige meget, jomfru vigtigper!" før det allerede var for sent, og derfor sagde han intet, men hans hjerte var opfyldt af en rasende vrede, da han langsomt slentrede ind i skolegården, og han ønskede blot, at hun havde været en dreng – hvor skulle han ikke have mulet hende? Lidt efter løb han atter på hende og rettede da en bidende bemærkning til hende, som hun besvarede med en lignende – og nu var bruddet fuldstændigt! Becky var så fornærmet, at hun knap kunne vente, til skolen begyndte; hun brændte af utålmodighed efter at se Tom få prygl for den tilsølede læsebog! Hvis hun virkelig tidligere havde følt lyst til at sladre om Alfred Temple, så havde Toms fornærmelige ord fuldstændig bragt hende fra denne tanke.

Stakkels pige, hun vidste ikke, hvor nær hun selv var ved at komme i forlegenhed! Læreren, hr. Dobbins, var en mand, hvis livsdrøm ikke var gået i opfyldelse. Toppunktet for alle hans hemmelige og mest brændende ønsker havde været at blive læge, men på grund af mangel på de fornødne midler havde han måttet nøjes med at blive landsbyskolelærer. Hver dag tog han en hemmelighedsfuld bog frem af sin pult og fordybede sig i den på de tider, da børnene ikke blev hørt i deres lektier. Bogen holdt han altid under lås og lukke. Der var ikke en af skolebørnene, som ikke brændte af nysgerrighed efter at se i denne mystiske bog, men det var der aldrig lejlighed til. Alle børnene havde hver sin forestilling om, hvad det kunne være for en bog, men det var alt sammen kun gisninger, og der fandtes aldeles ingen udvej til at få fat i den rette løsning af gåden. Idet Becky gik forbi pulten til sin plads, opdagede hun på en gang, at nøglen sad i låsen! Det var et spændende øjeblik! Hun så sig omkring, hun var ganske alene i stuen og – i næste øjeblik holdt hun bogen i hånden! Titlen „Professor A.s Anatomi" – gjorde hende ikke klogere, hvorfor hun begyndte at vende bladene i bogen. Straks traf hun på et smukt farvetryk – et menneskeligt legeme. Men i samme øjeblik faldt der en skygge på bladet, og Tom Sawyer trådte ind ad døren og fik et glimt at se af billedet. Becky rev i bogen for hurtigt at få den lukket, men havde da det uheld at rive en lang flænge i billedet. Hun kastede hurtig bogen ned i pulten, drejede nøglen om og brast i gråd af skam og ærgrelse. „O, Tom Sawyer, det er rigtig simpelt af dig således at snige dig bag på en og udspionere, hvad man foretager sig!"

„Hvor kunne jeg vide, hvad du foretog dig?"

„O, du burde skamme dig; nu vil du vel tillige gå hen og sladre om mig, og hvordan vil det da gå mig; jeg vil få ris, jeg som aldrig før har fået ris i skolen!" Og så stampede hun med sin lille fod og sagde: „Ja, værs'go, vær du bare ligeså ondskabsfuld, som du vil. Men vent du bare, der kunne let hænde dig noget!" Og dermed stormede hun ud af skolen under et nyt udbrud af gråd.

Tom stod et øjeblik ganske imponeret over dette vulkanske udbrud, men sagde så meget filosofisk til sig selv: „Sådan en

tøs er egentlig et ganske mærkeligt fænomen! Aldrig at have
fået ris i skolen! Og så være bange derfor! Ja, det ligner dem,
de tøse – de er altid så ømskindede og så fine på det! Jeg går
såmænd ikke hen og sladrer til Dobbins om denne lille, dum-
me tøs; der er andre måder at ramme hende på, der er bedre.
Gamle Dobbins vil spørge, hvem der har revet hans bog i styk-
ker – ingen svarer. Så vil han gøre, som han altid gør – spørge
den ene efter den anden, og kommer han så til den rette, kan
han straks mærke, at det er hende, uden at nogen behøver selv
at sige det. Tøsene forråder altid sig selv, de er ikke så drevne;
så får hun sine ris, og så er den pot ude. Sådan vil det gå med
Becky Thatcher, hun kan ikke slippe fra det. Nå, mig ville hun
vist gerne have i fedtefadet – lad hende nu selv prøve det!"

Tom gik derpå ud til de andre drenge, men et par minut-
ter efter kom læreren, og børnene blev kaldt ind. Tom viste
ikke stor interesse for lektierne; hvert øjeblik stjal han sig til at
se over til pigerne – han forstod ikke rigtig udtrykket i Beckys
ansigt. Egentlig talt havde han ingen anledning til at have
medlidenhed med hende, og dog var det, som om han allige-
vel ikke var langt fra at føle noget lignende. I al fald dukkede
der ingen alvorlig hævnfølelse op hos ham imod hende. Det
varede ikke længe, inden historien med læsebogen blev opda-
get, og Tom havde da nok i sine egne affærer. Becky vågnede
derved op af sine mørke drømmerier og fulgte sagens videre
forløb med levende interesse. Hun ventede ikke, at Tom ville
slippe ud af klemmen ved simpelthen at nægte, at det var ham,
der havde spildt blæk på bogen, og deri havde hun også ret;
nægtelsen syntes endog at gøre sagen endnu værre for Tom.
Becky søgte at indbilde sig selv, at dette glædede hende, men
det lykkedes hende dog ikke ganske. Da det kneb hårdest for
Tom, havde hun egentlig den største lyst til at gå op og sige,
at Alfred Temple var manden, men hun tvang sig dog til at
blive siddende, fordi, sagde hun til sig selv – „Tom naturligvis

vil sladre op om, at det er mig, der har revet billedet i stykker; nej, jeg vil ikke sige et muk, selv om jeg kunne frelse hans liv derved!"

Tom tog da sine prygl og gik tilbage til sin plads, men dog ikke i særligt dårligt humør, da han tænkte, at det jo var muligt, at han ved en eller anden tidligere lejlighed kunne være kommet til at spilde blæk på bogen; men når han havde nægtet sig skyldig, var det egentlig kun en formssag, og fordi det nu en gang var en sædvane hos drengene at gennemføre benægtelsessystemet.

En time sneglede sig så hen; læreren sad og nikkede så småt oppe på sin trone, børnenes summen havde gjort ham søvnig. Dog lidt efter lidt strammede han sig op, gabede et par gange, lukkede pulten op og greb efter bogen, men syntes noget uvis med sig selv, om han skulle tage den frem eller ikke. De fleste af børnene lagde ikke videre mærke til hans bevægelser, dog var der to, der iagttog dem med spændt interesse. Endelig greb hr. Dobbins bogen og satte sig til at læse.

Tom så hurtig over på Becky. Hun så ligeså fortabt og hjælpeløs ud som en kanin, der ser en bøsse rettet mod sit hoved. I et øjeblik havde han glemt al deres strid og kiv. Hurtigt! Der måtte gøres noget! – og det i en fart! Men den overhængende fare lammede i begyndelsen hans opfindsomhed. Dog nu fik han en indskydelse! Han ville løbe op, snappe bogen, springe ud gennem døren og ile bort! Men han tøvede et halvt minut for længe, og imidlertid var lejligheden tabt – læreren åbnede bogen! Nu var det for sent, der var ikke mere nogen redning for Becky, i næste øjeblik sendte læreren et skarpt, undersøgende blik ud over børnene! Alles øjne sænkedes, der var noget i lærerens blik, som selv de ganske uskyldige blev bange for; alt var så stille, at man kunne høre en knappenål falde! Endelig lød lærerens barske røst: „Hvem har revet denne bog itu?"

Ikke en lyd – lærerens blik søgte nu at udfinde den skyldige.

„Ben Rogers, har du revet denne bog i stykker?"

Et svagt nej – en ny pause.

„Joe Harper, har du gjort det?"

Atter et svagt nej – Toms uro blev større og større, eftersom dette pinlige forhør fortsattes; læreren så ned ad drengenes række, betænkte sig et øjeblik og vendte sig da til pigerne: „Amy Lawrence, var det dig?"

En svag rysten på hovedet.

„Grace Miller?"

Samme resultat.

„Susan Harper, er det dig, der gjorde det?"

Atter en stum benægtelse.

Den næste pige var Becky Thatcher. Tom skælvede fra hoved til fod af lutter bevægelse; han havde en følelse af det håbløse ved situationen.

„Rebecca Thatcher –– (Tom lagde mærke til, at hun var bleg som et lig) – har du revet – nej, se mig kun i ansigtet, (hun løftede sine hænder bedende i vejret) – har du revet denne bog itu?"

Da skød en tanke som et lyn gennem Toms hoved, han sprang op og råbte: „Det var mig, der gjorde det!"

Hele skolen stirrede som forstenet på Tom uden at kunne forstå en så uhørt ubegribelig dumhed; men da han gik frem i skolestuen for at lide sin straf, fandt han, at den forbavselse, taknemlighed og beundring, der lyste ud af Beckys øjne, var betaling nok for selv hundrede gange prygl. Uden så meget som et kny modtog han derfor de mest ubarmhjertige bank, som selv hr. Dobbins nogensinde havde uddelt, og med samme ligegyldighed tog han mod den besked, at han skulle sidde over to timer efter, at de andre børn var gået – for han vidste nu godt, hvem der ville vente på ham, til hans fangenskab var endt, uden at bryde sig om at tilbringe et par kedelige timer ene udenfor skolen.

Tom gik denne aften til sengs med store planer om hævn over Alfred Temple; for Becky havde med anger og dyb undseelse fortalt ham det hele, idet hun ikke glemte sit eget forræderi; men selv længslen efter hævn måtte snart vige pladsen for mere behagelige drømme, og han faldt endelig i søvn med klangen af Beckys sidste ord endnu lydende i hans ører: „Tom, hvor kunne du dog handle så nobelt?"

## 17. KAPITEL

Ferien nærmede sig nu; skolelæreren, der altid var streng, blev endnu strengere og mere fordringsfuld end sædvanlig, for han ville have, at skolen rigtig skulle udmærke sig på eksamensdagen. Hans spanskrør og hans lineal var i stadig virksomhed – særlig mellem de små elever. Det var kun de store drenge og de unge halvvoksne damer, der undgik revselse. Hr. Dobbins' revselser var altid både hårde og svidende, for han var endnu en kraftig mand i sin bedste alder.

Alt eftersom den store dag, eksamensdagen, nærmede sig, kom det tyranniske i hans karakter mere og mere frem; han syntes ligesom at finde en egen fornøjelse i at straffe de mindste forseelser. Følgen var da også, at alle de små drenge tilbragte deres dage på skolen i en stadig angst og bæven, og nætterne med at pønse på hævn. De skyede ingen som helst lejlighed til at spille deres tyran et eller andet puds, men han var dem næsten altid for overlegen og klog. Den gengældelse, der gerne fulgte på alle sådanne små angreb på ham, var så eftertrykkelig og så overvældende, at drengene altid kom tilbage fra slagmarken fuldstændig oprevne. Til sidst slog de sig da sammen og udklækkede en plan, der lovede dem en glimrende sejr. De indviede en skiltemalers dreng i deres plan og bad ham hjælpe dem. Drengen havde også selv sine egne grunde til at glæde sig til at være med i sammensværgelsen, for læreren boede hos nogen af hans familie og havde ofte givet drengen gyldig anledning til at hade ham. Læreren forberedte sig gerne til den store begivenhed ved at tage godt for sig af drikkevarer for at styrke modet, og skiltemalerens dreng mente da, at når læreren, som formodet, på eksamensdagen henad aften var i besiddelse af det nødvendige kvantum „mod", så ville han, drengen, „forberede sagen", mens læreren hjemme tog sig en lille lur i sin stol, og så senere ved selve eksamenen fuldføre sin store plan.

Dagen forløb, og endelig kom tiden til den store plans udførelse. Kl. 8 om aftenen var skolen glimrende oplyst og pyntet med guirlander og kranse af grønt og blomster. Læreren sad og tronede i sin store lænestol bag katedret; bag ved ham hang den store sorte tavle. Han så ud til at være tålelig velvillig. Byens honoratiores og børnenes forældre optog de 6 første rækker bænke tæt foran ham. Til venstre sad på en ophøjet platform de elever, der skulle eksamineres ud på aftenen, små renvaskede drenge i deres bedste stads, en skinnende række småpiger og en del større piger i hvide musselins- og kammerdugskjoler med bare arme og brede sløjfer i håret. Den øvrige del af skolestuen var optaget af elever, der ikke skulle eksamineres.

Overhøringen begyndte. En meget lille dreng rejste sig op og fremsagde noget forlegen følgende vers:

> Hvad vil De tro om mig, en dreng så liden,
> Der vover her at bringe frem sin tale;
> Man sige vel, vist lille er hans viden –
> Men kan ej netop det ham anbefale?
> ...........................

97

idet han ledsagede sit foredrag af versene med mærkelige af-
målte, mekaniske fagter, som en maskine, der ikke var ganske i
orden. Alligevel kom han dog igennem sit pensum og høstede
et livligt bifald, hvorefter han rødmende og bukkende på en
underlig kejtet måde hurtig trak sig tilbage.

En lille undselig pige kom nu op og fremlæspede: *Mary
og det lille lam,* nejede så på en næsten om medynk bedende
måde, fik også sin del af bifaldet og satte sig ned, rødmende og
lykkelig.

Derefter trådte Tom Sawyer frem med påtaget sikkerhed
og deklamerede med høj røst og under livlig gestikulation:
*„Giv mig min frihed eller lad mig dø,"* men gik i stykker midt
i det! En heftig lampefeber havde overvældet ham, hans ben
rystede under ham, og han var lige ved at segne om; ganske
vist havde han i forvejen hele tilhørerkredsens varmeste sym-
pati for sig – men nu fik han tillige dens tavshed, og den sidste
var nok værre end den første. Lærerens pande formørkedes,
og så var ulykken komplet! Tom kæmpede et øjeblik mod det
uundgåelige, men trak sig derpå yderst nedslået tilbage. Der
hørtes vel et svagt forsøg på at tilklappe ham bifald, men det
døde straks hen.

Derpå kom forskellige drenge og piger frem og blev over-
hørt; flere udarbejdelser fra modersmålet blev oplæst – en af
dem bar titlen: *Er det livet?*

Der lød af og til bifald under oplæsningen, ledsaget af små
kokette udråb, som: Hvor det dog er yndigt! – Hvor det er ta-
lende! – Hvor sandt dog! osv., og efter at det endelig var forbi,
var bifaldet stort og almindeligt!

Så fremstod en lang, ranglet ung pige med melankolske
træk og hin interessante bleghed, som fremkommer ved den
altfor hyppige brug af piller og mavedråber, og fremsagde et
digt. To vers af dette vil sikkert være tilstrækkelige:

*En Missouri-piges afskedssang til Alabama.*

Farvel Alabama, du elskede land,
Det varer en stund, før jeg ser dig igen.
Dig glemme, det ved du, ret aldrig jeg kan,
Min tanke vil stadig til dig drages hen.
På blomsterstrøed' enge jeg vandred' på fod,
Sad ved Tallapoosa og digted min sang.
Jeg lytted til Talasse, den rindende flod,
Mens Aurora hun rødmed så mangen en gang.

Skal jeg blues, når fuldt er mit hjerte
Og rødme, fordi jeg jo græde nu må?
Mit elskede land jeg forlader med smerte,
De fremmede strande min kval ej forstå.
Her i Alabama mine fjed bleve ledte,
Alle i landet de var mig så god,
Koldt måtte øje, hjerte og *tête*
Være, Alabama, når jeg glad dig forlod.

Der var vel enkelte, som ikke ret opfattede betydningen af Ordet *tête*, der snildt var anbragt i rimet, men ellers vandt digtet meget bifald hos hele forsamlingen.

Den næste var en mørkøjet, sorthåret, ung dame med stærk brunlig teint. Efter en længere kunstpause indtog hun en tragisk stilling og begyndte så med en vis patos at oplæse: „*Et Syn.*"

Denne spøgelseshistorie, der udfyldte et 10 sider stort manuskript, blev enstemmigt erklæret for at være aftenens bedste præstation og vandt førstepræmie.

Læreren, der i aftenens løb var blevet mere og mere velvilligt stemt, og på dette tidspunkt var nået til elskværdighedens højdepunkt, rejste sig nu, skød sin stol til side, vendte de tilstedeværende ryggen og begyndte at tegne et Amerika-kort på den sorte tavle, for derefter at begynde overhøringen i geografi. Men hans skælvende hånd ville ikke parere ordre, og en dæmpet fnisen hørtes af og til bagved ham. Han vidste godt selv, hvad der var i vejen, og gjorde også kraftige forsøg på at rette de begåede fejl; han viskede de fejle streger ud og tegnede så atter nogle forkerte, hvorved han kun gjorde ondt værre, og latteren blev større og større. Af al magt kastede han sig nu ind i arbejdet, søgte at samle sig, bestemt på ikke at lade sig bringe ud af fatning; han følte ved sig selv, at alles øjne hvilede på ham, og troede selv, at han nu endelig var i det rigtige farvand; alligevel vedblev munterheden, ja, den steg endogså højere og højere! Og det var heller ikke så underligt. Over skolestuen var der et loftskammer, hvortil førte en lem, der befandt sig lige over lærerens hoved; ned gennem den nu åbnede lem blev der i dette øjeblik firet en kat, omkring hvis bagben var bunden en snor, og om hvis hoved var bunden en klud, for at den ikke skulle mjave. Mens den langsomt dalede ned, krummede den sig opad og forsøgte at slå kløerne i snoren, men forgæves; lystigheden steg højere og højere, katten var nu ikke mere end et kvarter fra den intetanende lærers hoved; den sank langsomt dybere og dybere, endnu kun et øjeblik, så klamrede den sig med kløerne fast i hans paryk, men i samme nu blev den halet op gennem lemmen med sejrens trofæ i sin besiddelse. Og hvor smukt skinnede nu ikke lærerens blanke, skaldede isse, for skiltemalerens dreng havde *forgyldt den!*

Så afbrødes festligheden, drengene var hævnet – ferien var begyndt!

## 18. KAPITEL

Tom mærkede dog snart, at den så længselsfuldt ønskede ferie begyndte at kede ham. Han prøvede at føre en dagbog, men der hændte intet i hele tre dage, og så opgav han det.

Nogle dage efter kom et selskab af de bedste negersangere til byen og vakte naturligvis stor opsigt. Tom og Joe Harper dannede hurtig et lignende kor og således forløb da to dage.

Selve den glorværdige 4de juli blev i en vis forstand en mislykket dag, for det øsregnede, så der ikke blev noget af processionen, og verdens største mand (efter Toms mening da), hr. Benton, en virkelig senator, viste sig også at være en slem skuffelse, for han var hverken 2 alen høj, eller noget tilnærmelsesvis op derimod.

Så kom der et cirkus. Alle byens drenge legede derfor cirkus hele tre dage i træk i et telt, som de havde lavet sig af gamle lasede tæpper – entré: tre knappenåle for en dreng, to for en pige – men så hørte også det op.

Dernæst kom der en frenolog og en tankelæser, men de drog atter bort, og landsbyen var nu kedeligere og mere stille end nogensinde før.

Becky Thatcher var rejst til Konstantinopel for at tilbringe ferien der med sine forældre; der var slet ingen lyspunkter at opdage nogetsteds!

Så kom mæslingerne. I to lange uger lå Tom bundet til sygelejet, udelukket fra verden og al dens glæde. Han var meget syg og interesserede sig ikke for noget.

## 19. KAPITEL

Endelig vaktes dog byen op af sin døsige ro; sagen angående mordet på doktor Robinson skulle nu for retten! Det blev straks det almindelige samtaleemne i landsbyen. Tom kunne heller ikke undgå at høre noget derom, men enhver hentydning til mordet fik ham straks til at fare sammen, for hans dårlige samvittighed og hans angst indbildte ham, at alle disse antydninger og bemærkninger blot kom ham for øre som prøveballoner; han forstod vel ikke, hvorledes man kunne mistænke netop ham for at vide noget angående mordet, men alligevel kunne han ikke bevare koldblodigheden under al den sladder. Han gik stadig om i en dødelig angst, og en dag fandt han på at trække Huck hen til et ensomt sted ved floden for at tale med ham om sagen; det kunne måske lette lidt at dele denne fortvivlede byrde med en anden.

„Huck, du har vel aldrig fortalt nogen noget om det, du ved nok?"

„Hvad er det?"

„Det, du ved nok!"

„Nå-åh-nej, det har jeg naturligvis ikke."

„Ikke et ord?"

„Nej ikke en stavelse – lad mig synke i jorden, om jeg har. Hvorfor spørger du for resten derom?"

„Å, jeg – jeg er så bange."

„Ja, du ved selv, Tom Sawyer, at vi ville være lavet til plukfisk inden tre dage var gået, når det blev opdaget – det ved du jo godt."

Tom følte sig en del mere beroliget. Efter en kort pause udbrød han: „Huck, det er vel sikkert, at intet i verden kunne tvinge dig til at fortælle *det,* hvad?"

„Tvinge mig? Ja, hvis jeg netop havde særlig lyst til at lade mig kværke af denne indianer-hund, så fortalte jeg det måske, men ellers ikke!"

„Nå, ja, så siger vi det; jeg antager vi er sikre nok, så længe vi selv holder vor mund; men lad os alligevel hellere endnu en gang sværge derpå, jeg synes, det er mere sikkert."

„For mig gerne," sagde Huck.

Så aflagde de igen begge en frygtelig ed.

„Hvad siger ellers folk om sagen, Huck? Jeg har hørt en masse sludder."

„Siger – ja, det er jo Muff Potter og Muff Potter og intet andet end Muff Potter evig og altid! Det får den kolde sved frem, blot jeg hører navnet, og så stikker jeg helst af straks på timen."

„Akkurat ligeså hos mig, Huck, akkurat; jeg tænker dog, at han alligevel snart er færdig, gør det dig ikke somme tider ondt for ham?"

„Jo, næsten altid! Han er jo ikke meget værd, men har dog aldrig gjort nogen fortræd. Måske har han gået om og reddet sig et par skilling hist og her til at drikke sig en donner for – og så for resten heller ikke tage sig noget ordentlig for, men – hvad skal man sige til det – sådan gør jo de fleste – i det mindste her i byen. Han er et godt skikkelig sølle skrog; en gang gav han mig en halv fisk, da han selv var sulten, og han har såmænd flere gange hjulpen mig, når det kneb for mig."

„Og for mig har han lavet drager i stand, Huck, og sat nye kroge i min fiskesnøre – jeg ville ønske, vi kunne hjælpe ham ud af hullet."

„Ja, det kan være rigtigt nok, men det var næppe til nogen nytte – de ville snart få fat i ham igen!"

„Nok muligt, men jeg kan ikke udstå, at de er så ivrige efter at give ham skylden for noget, som han dog slet ikke har gjort."

Drengene talte længe frem og tilbage om sagen, og da tusmørket kom, kunne man se dem luske om i nærheden af det lille, ensomt beliggende fængsel, måske i håb om, at der skulle hænde noget, der ville klare alle vanskelighederne.

Der skete dog intet, og det syntes, som om hverken engle eller gode ånder ville have noget med den ulykkelige fange at skaffe. Drengene måtte nøjes med at stikke lidt tobak og tændstikker ind til ham gennem gitteret, og de følte sig helt ilde til mode, da Potter hviskede ud til dem: „I har været rigtig gode mod mig, drenge, bedre end nogen anden her i byen, og jeg skal ikke glemme jer det. Ja, børn, jeg har begået en skrækkelig handling – jeg var drukken og uden samling, det er den eneste undskyldning, jeg formår at give; nu skal jeg vel hænges derfor, og der sker mig da min ret – der er ikke noget at sige til det, men drik jer aldrig fulde, børn, hvis I ikke vil blive som jeg. Lad mig nu trykke jeres hænder, I kan stikke de små labber ind gennem gitteret, min næve er for stor; I har villet glæde Muff Potter efter eders evne og ville også hjælpe ham igen, om I kunne – men nu farvel og tak, børn!"

Tom vendte sønderknust og elendig til mode hjem og havde stygge drømme hele natten. De næste to dage vandrede begge drengene ofte hen til retslokalet, ligesom drevet af en uimodståelig magt, dog gik de aldrig ind; de lyttede kun efter, når nogle nysgerrige forlod lokalet, men hvad de da hørte, gik stadig ud på, at nettet trak sig mere og mere sammen om stakkels Potter. Den næste dags aften hed det sig, at Indianer-Joes vidnesbyrd stod fast og urokkeligt, og at der intet spørgsmål kunne være om, hvorledes juryens dom ville komme til at lyde.

Den aften var Tom længe ude, og da han sent kom hjem for at gå i seng, krøb han ind gennem vinduet. Han var frygtelig ophidset, så det varede flere timer, før han kunne falde i søvn.

Næste morgen strømmede alt, hvad der kunne krybe og gå, hen til retslokalet, for i dag var det den store dag, da alt skulle afgøres. De edsvorne kom ind i salen og tog plads, derefter blev Potter, bleg og meget nedtrykt, ført ind i lænker under mængdens nysgerrige opmærksomhed. Indianer-Joe, kold og hård som altid, var her som vidne.

Forhøret begyndte, og de første vidner blev afhørt. De udtalte sig alle i Potters disfavør, men der skete det mærkelige, at dennes defensor slet ikke lod til at ville krydsforhøre disse vidner eller stille noget som helst spørgsmål til dem, for muligt at få dem til at fortale sig. Tilhørerne begyndte at vise uro – ville denne defensor da slet ikke føre noget forsvar for sin klient eller i det mindste gøre forsøg på at redde ham for den dødsstraf, der utvivlsomt ventede ham? Man forstod det ikke.

Endelig stod den offentlige anklager op og sagde: „Ifølge de vidnesbyrd og den ed, som disse hæderlige borgere, hvis ord må stå til troende, har aflagt her for skranken, må den anklagede Potter anses som gerningsmanden til denne afskyelige forbrydelse; hvis ingen har mere at fremkomme med i denne sag, vil jeg overgive den til juryen."

Der hørtes en stønnen fra stakkels Potter, der ligesom overvældet af smerte rokkede frem og tilbage; ellers var der dødsstille overalt i salen, og mange kvinder græd.

Men da rejste fangens defensor sig pludselig og sagde: „Må jeg bede om ordet? Mine ærede dommere og edsvorne! Det var egentlig vor hensigt i dette retsmøde at fremhæve til forsvar for fangen, vor klient, at han, hvis han var skyldig, havde udført mordet i et anfald af delirium. Vi har nu imidlertid forandret vore anskuelser og vil ikke længer fastholde denne påstand på frifindelse."

Idet han derpå vendte sig til rettens tjener, sagde han: „Lad Tom Sawyer blive ført frem!"

Forbavselse og nysgerrighed læstes på alle ansigter, ikke mindst på Potters, alles øjne hæftede sig med stigende interesse på vor helt, da han forvirret og ængstelig trådte frem og tog plads foran skranken.

Den anklagedes defensor spurgte så: „Thomas Sawyer, hvor befandt du dig natten til den 7de juni, omtrent ved midnat?"

Tom kastede et hastigt blik hen på Indianer-Joes stenhårde træk, hans stemme svigtede ham. Dog efter nogle øjeblikkes forløb tog drengen sig så meget sammen, at det lykkedes ham at lægge så megen kraft i sin stemme, at de fleste kunne høre ham sige: „På kirkegården."

„Sig det kun lidt højere, min dreng, du skal ikke være bange. Du var altså – –?"

„På kirkegården."

Et foragteligt smil fór nu over Joes ansigt.

„Befandt du dig nær ved Williams' grav?"

„Ja, herre."

„Tal du kun højere; hvor nær var du ved den?"

„Ligeså nær som jeg er ved Dem."

„Holdt du dig skjult eller ikke?"

„Skjult."

„Hvor?"

„Bag elmene tæt ved randen af graven."

Her gav det et næsten umærkeligt sæt i Indianer-Joe.

„Var der nogen med dig?"

„Ja, herre, jeg var gået derud – med – –."

„Stop, vent et øjeblik; du behøver endnu ikke at nævne din kammerats navn; vi skal nok få ham frem, når tiden kommer. Havde du noget med dig?"

Tom tøvede med at svare og så forlegen ned for sig.

„Kom kun med det, min dreng, vær ikke bange. Sandhed skal man aldrig være bange for at sige; hvad var det så, du havde med dig?"

„Det var – kun – en død kat!"

Der hørtes en sagte fnisen, men rettens formand påbød stilhed, og defensor fortsatte: „Vi vil senere tillade os at fremlægge skelettet af denne kat, som bevis på, at drengen taler sandhed. Og nu, min søn, fortæller du os alt, hvad du har set og hvad der videre hændte; fortæl det kun på din egen måde skjul intet og glem intet og, fremfor alt, vær ikke bange."

Tom begyndte – i begyndelsen stammende og søgende, men da emnet begyndte at interessere ham, flød ordene lettere og lettere for ham. Enhver lyd i salen var nu forstummet, alles øjne var rettet på Tom, og med åben mund og tilbageholdt åndedræt fulgte tilhørerne hans fantastiske skildring, og bevægelsen nåede sit højeste, da Tom til sidst sagde: „Og i samme øjeblik, som doktoren greb brædtet og slog Muff Potter til jorden, sprang Indianer-Joe frem med en kniv i hånden og –"

Kratsj – hurtig som et lyn sprang i dette øjeblik Indianer-Joe hen til et vindue, skød alt, hvad der stod ham i vejen, til side, havde svinget sig ud før nogen endnu var kommet til besindelse og var – forsvundet!


## 20. KAPITEL

Atter stod nu Tom som byens strålende helt – de gamles kæledægge – misundt af de unge! Hans navn var endog udødeliggjort, for byens avis lovpriste ham i høje toner. Ja, der var endog dem, der mente, at han muligvis godt kunne have udsigt til en gang at blive republikkens præsident – forudsat da, at han ikke blev hængt forinden!

Den vankelmodige, ufornuftige verden tog, som det sædvanlig sker, igen Muff Potter til sin barm og kælede lige så meget for ham nu, som den havde lagt ham for had før; men således går det jo altid.

Toms dage forløb nu i lutter fryd og glæde, men nætterne var derimod nogle sande angstens timer for ham. Indianer-Joe spøgte i næsten alle hans drømme, og hans blik truede stadig med blodig hævn. Ingen nok så stor fristelse kunne få Tom til at gå ud om aftenen, efter at det var blevet mørkt. Stakkels Huck var næsten lige så sørgeligt stillet, for Tom havde fortalt Potters sagfører hele historien natten før domsafsigelsen, og

Huck gik nu og bævede af frygt for, at hans del i historien også skulle blive offentlig bekendt, til trods for, at Indianer-Joes flugt havde befriet ham fra at aflægge vidnesbyrd i retten. Den stakkels fyr havde overtalt sagføreren til at love at ville tie, men hvor længe ville det vare? Når Toms betrængte samvittighed havde kunnet drive ham til i mulm og mørke at gå hen til sagføreren og afsløre denne frygtelige hemmelighed, som han var bundet til ved de skrækkeligste og uhyggeligste eder, så var Hucks tillid til menneskene fuldstændig rokket!

Toms stemning skiftede mellem glæde og stolthed over, hvad han havde udrettet, og frygten for følgerne deraf, for han var sikker på, at han aldrig ville kunne ånde frit, før Indianer-Joe var død, og han havde set hans lig. Der var vel blevet udlovet belønning for at gribe ham, egnen var blevet gennemsøgt, men der var ingen Indianer-Joe blevet fundet. Et af disse alvidende og frygtindgydende vidundere, en opdager, blev vel forskrevet nede fra St. Louis, snusede om i egnen, rystede på hovedet, så meget hemmelighedsfuld ud, men kom til samme forbavsende resultat, som de fleste af hans kolleger opnår, det vil sige, han opdagede, som han sagde: nøglen til gåden! Men da man imidlertid ikke kan anklage og hænge en nøgle for mord, følte Tom sig, da opdageren omsider havde snuset alt igennem og var draget bort, lige så usikker som tidligere. Tiden gik nu atter sin langsomme gang, men for hver dag, der gik, følte drengene sig alligevel lettere til mode.

## 21. KAPITEL

Der kommer altid et tidspunkt i enhver rask drengs liv, da han føler en ubetvingelig lyst til at drage et eller andet sted hen for at grave efter skjulte skatte. En dag kom denne trang også over Tom med al sin magt. Han gik straks ud for at søge kompagniskab med Joe Harper, men traf ham ikke. Derfra gik han til Ben Rogers – han var ude at fiske. Tilfældigt traf han da på Huck Finn, og i mangel på andre kunne han også bruges. Tom trak ham hen til et afsides sted og satte ham ind i sin plan. Huck var straks villig til at gå med til et foretagende, der lovede lidt eventyr, og som ikke krævede kapital, for af den tid, der ikke er penge, havde Huck altid overflod.

„Hvor skal vi så grave?" spurgte han.

„Å, det er omtrent lige meget."

„Hvad for noget? Findes der da skatte overalt?"

„Nej, det er vel ikke meningen, men de findes på de mærkeligste steder – undertiden på øer, undertiden gemte i gamle rådne kister, under roden af gamle træer, netop der hvor skyggen af træet falder ved midnat, men oftest under gulvet i huse, hvor det spøger."

„Hvem har skjult dem der?"

„Hvem? Det har naturligvis røvere – hvem ellers? Troede du måske, det var læreren ved søndagsskolen?"

„Ja, hvad ved jeg om det. Jeg ved kun, at hvis det var min skat, ville jeg min sandten ikke grave den ned; jeg ville lade pengene rulle og leve lystigt for dem. Men hvor skal vi begynde at grave?"

„Jeg synes, vi skal prøve i nærheden af det gamle hus, du ved, ved bækken; der er masser af gamle udgåede træer."

„Ligger der da en skat skjult under dem alle?"

„Vrøvl! Du spørger, som du har forstand til, nej, vist ikke!"

„Men hvordan ved du da, hvilket der er det rette?"

„Å, vi prøver dem alle."

„Det er da ikke din mening, Tom, det vil jo vare hele sommeren."

„Ja, hvad gør det? Hvis vi så finder en gammel messinggryde med hundrede flunkende nye kroner i, eller også en rådden kasse fuld af diamanter – det kunne du vist li'e!"

Hucks øjne strålede. „Ja, det var lige noget for mig! Giv mig de hundrede kroner, så må du gerne beholde diamanterne."

„Din dumrian, du skal nu ikke kaste vrag på diamanter, en eneste er ofte over 100 kroner værd, kongerne har dem i massevis."

„Jeg kender ingen konger, Tom."

„Det vil jeg såmænd gerne tro; men hvis du en gang kom til Europa, så kunne du få dem at se i snesevis, hvor de hopper omkring derovre!"

„Så-åh! Hopper de da?"

„Din bedstemoder hopper vist også! Nej, gu' gør de ej!"

„Ja, men hvorfor sa'e du det da?"

„Fæhoved! Jeg mente blot, at du fik dem at se i masser – naturligvis ikke hoppende – hvad skulle de hoppe for? Jeg mente bare sådan strøede lidt omkring, hist og her, som f. eks. den gamle pukkelryggede Richard."

„Richard! Hvad for en Richard?"

„Kun Richard; konger har naturligvis kun ét navn!"

„Nå, for mig gerne! Jeg skulle da nødigt have noget af at være konge og lade sig lumpe af med ét navn ligesom en anden sølle neger!"

De fik derpå fat i en brækket hakke og en skovl og begav sig på vej til det af Tom angivne sted, tre fjerdingvej fra byen.

De kom trætte og udasede til stedet, satte sig i skyggen af en elm og tændte deres piber.

„Hvad vil du gøre med din part, hvis vi finder en skat, Tom?" sagde Huck lidt efter.

„Jeg vil købe mig en ny tromme, og så naturligvis en sabel, et rødt halstørklæde og en hundehvalp; og så ville jeg se at gifte mig."

„Gifte dig? Er du tosset?"

„Ja, ja vent bare."

„Nej, ved du hvad, det var da det dummeste, du kunne finde på, Tom. Se nu blot til mine gamle. De skændtes og sloges både nat og dag, så det peb efter; jeg kan godt huske det."

„Det er lige meget, den pige, jeg gifter mig med, hun vil ikke slås."

„Tro ikke det, Tom; de er allesammen lige gode, de vil alle ha'e overtaget; betænk dig endelig godt først. Hvad hedder for resten tøsen?"

„Det er ingen tøs, du – det er en pige!"

„Nå ja, det kommer vel ud på ét, tænker jeg. Der er nogle, der siger tøse, og nogle, der siger piger, det er vel hip som hap. Men når du så gifter dig, vil jeg få det meget ensomt."

„Nej, det vil du ikke; du kan jo komme og bo hos mig."

De begyndte nu at grave, hængte i, så sveden drev af dem, forsøgte flere steder, men uden resultat. „Jeg ved nu, hvad der er i vejen," udbrød Tom endelig; „vi er da nogle gode tosser! Vi må først se at opdage, hvor skyggen af stammen falder ved midnat, der må vi grave."

„Det var da forbistret, så er det hele spildt arbejde."

„Ja, vi må komme igen ved midnat, ser nogen hullerne, ved de straks, hvad det betyder, og snapper skatten bort for næsen af os. Nu gemmer vi værktøjet; du kan så komme hen og mjave udenfor i aften."

Begge drengene kom så atter til stedet ved den aftalte tid, satte sig under et træ og ventede. Da de så antog, at midnatstimen var inde, afsatte de et mærke, hvor skyggen af træet faldt, og begyndte at grave. De gravede og gravede, hullet blev dybere og dybere, men de stødte ikke på noget.

„Lad os hellere opgive det, Tom," sagde Huck, „og prøve et andet sted."

„Ja, det er måske også det bedste. Lad os en dag prøve ved spøgelseshuset; det må være stedet."

„Jeg holder ikke af huse, hvor det spøger, Tom."

„Ja, men spøgelser går kun rundt om natten, de vil ikke forhindre os i at grave om dagen."

Under videre samtale gik de da ned ad højen. Midt i dalen nedenfor dem lå det omtalte spøgelseshus øde og forladt. Murene var faldne ud; højt græs groede på dørtærskelen, skorstenene var styrtet ned, vinduesåbningerne tomme; i det ene hjørne af taget var et stort hul. Drengene stod stille og betragtede huset og ventede næsten at se blålys flakke frem og tilbage bag vinduesåbningerne; de gik ængstelige til mode langt udenom huset og nåede endelig hjem.

Ved middagstid næste dag mødte drengene ved det udgåede træ for at hente deres værktøj.

Pludselig sagde Huck: „Husker du, det er fredag i dag, Tom?"

Tom så op med et forskrækket blik og sagde: „For pokker også; man kan da aldrig være forsigtig nok; vi kommer aldrig godt fra dette der, jeg havde helt glemt, at det var fredag."

„Ja, fredag er altid en uheldig dag, og desuden havde jeg en fæl drøm i aftes – jeg drømte om rotter!"

„Uh, ha, ja, det er sikkert tegn på en eller anden ulykke; sloges de?"

„Nej."

„Det var endda godt, Huck. Når de ikke slås, så er det blot et tegn på, at der er fare på færde; vi må have øjnene godt med os. Men lad os nu tage os noget andet for, så opsætter vi arbejdet til i morgen."

Om lørdagen var drengene ved middagstid atter ved det udgåede træ. De røg sig en pibe og fik sig en lille passiar i skyggen, gravede så lidt i det sidste hul, men da de stadig intet fandt, tog de værktøjet på nakken og vandrede af sted i retning af „spøgelseshuset".

Da de nåede derhen, fandt de dødsstilheden så uhyggelig og så nedtrykkende, at de betænkte sig på at gå indenfor. Omsider listede de sig dog hen til døren og kiggede ængsteligt ind i huset. Der så de et tomt rum uden gulv, overgroet med ukrudt, tomme vinduesrammer og et gammelt sammenfaldet ildsted, en forfalden trappe, og rundt i krogene var der fuldt af gamle spindelvæv. Med højt bankende hjerter listede de sig nu indenfor og lyttede opmærksomt efter enhver lyd, hvert øjeblik rede til at styrte ud igen.

Efter at have set sig om en stund uden at opdage noget, der kunne give anledning til frygt, forsvandt denne snart. De var endog nær ved at beundre deres egen dristighed, som endog gik så vidt, at de fik lyst til at se, hvad der var ovenpå. Det var jo rigtignok det samme som at afskære sig selv tilbagevejen, men de var nu engang kommet ind på at overbyde hinanden i prøver på mod, hvorfor de kastede deres redskaber i en krog og steg op ad den forfaldne trappe. Heroppe var der de samme tegn på forfald. I et hjørne stod et skab, der så ud til måske nok at kunne indeholde hemmeligheder – men dette viste sig desværre kun at være fantasi, for – skabet var tomt!

## 22. KAPITEL

Efterhånden var de blevet helt modige og stod netop i færd med atter at gå ned, da Tom pludselig rakte sin finger i vejret og hviskede: „Stille!"

„Hvad er der?" sagde Huck, bleg af skræk.

„Hyss! Kan du ikke høre noget?"

„Jo, å gud – lad os løbe vor vej!"

„Stille! Rør dig ikke! Der kommer nogen!"

Drengene lagde sig ned på gulvet med øjnene til en af sprækkerne mellem brædderne og lå nu rystende af skræk og ventede på, hvad der ville komme.

„De standser – nej, nu kommer de – der er de! Ikke en lyd, hører du, Huck! Bare vi var vel herfra."

To mænd trådte nu ind ad døren. Drengene så straks, at den ene var den gamle døvstumme spanier, som havde vist sig et par gange i byen i den sidste tid – den anden kendte de ikke.

Denne „anden" var en pjaltet, ukæmmet fyr, med et rigtigt røveransigt; spanieren var indhyllet i en kappe; han havde buskede, hvide bakkenbarter, langt hvidt hår bølgede ham ned ad nakken, og han bar grønne støvbriller. Idet de trådte ind, sagde „den anden" noget med sagte stemme, hvorpå de satte sig ned på jorden med ansigtet mod døren og ryggen lænet op imod væggen. „Den anden" vedblev at tale, og drengene kunne både høre og forstå det meste af, hvad han sagde.

„Nej," sagde han, „jeg har tænkt nærmere over sagen, og jeg synes slet ikke om det hele. Det er altfor farligt."

„Farligt?" brummede den „døvstumme" spanier til drengenes store forbavselse, „så det synes du, din ærtekælling!"

Denne røst fik drengene til at bæve som espeløv – det var Indianer-Joes hæse røst! Efter et øjebliks pause fortsatte Joe: „Skulle det måske være farligere end den frikadelle, vi lavede deroppe – og se så, hvad der kom ud af den? Ikke spor?"

„Ja, der er forskel; det var langt borte, oppe ad floden og intet andet hus i nærheden. Det bliver aldrig opdaget, at vi har prøvet derpå, så længe vi intet held har haft dermed."

„Nå, men er det måske ikke farligt nok at komme her midt på dagen? Enhver, der ser os, vil straks fatte mistanke til os."

„Det ved jeg vel, men der er intet sted, der passer så godt for os efter den sidste dumme forretning. Jeg vil gerne forlade dette hul her, og ville da også have stukket af i går, men det kunne jo ikke gå an, så længe disse helvedes drenge gik og legede derovre på højen lige for næsen af os."

„De helvedes drenge" rystede igen af rædsel ved at høre disse bemærkninger og tænkte ved sig selv, at det dog var heldigt, at de havde husket på, at det var fredag i går, og at de hav-de bestemt at vente til næste dag. De ønskede nu blot, at de, i stedet for en dag, hellere havde ventet et helt år. De to mænd trak nu nogle levnedsmidler frem og holdt deres måltid. Ef-ter en længere pause sagde Indianer-Joe: „Hør nu, kammerat, du må hellere gå tilbage op ad floden til det sted, hvor du har hjemme; der kan du vente, til du hører fra mig. Jeg vil så prøve at snige mig ind i byen endnu en gang for at se mig lidt om, så får det gå, som det kan. Vi vil så bagefter prøve at gøre dette „farlige job", når der viser sig en gunstig lejlighed. Når det så er overstået, så af sted til Texas – begge to!"

Dermed var planen lagt og aftalen gjort, de gabede begge, og Indianer-Joe bemærkede: „Jeg er forbandet søvnig; nu er det din tur til at holde vagt," hvorpå han lagde sig ned mellem al ukrudtet og begyndte snart at snorke. Hans kammerat rørte et par gange ved ham, men han lå rolig, og snart efter begyndte også den vagthavende at nikke, hovedet sank dybere og dybere ned på hans bryst, og endelig snorkede de begge om kap.

Drengene drog et dybt befrielsessuk, og Tom hviskede: „Nu gælder det – kom nu!"

Huck svarede: „Jeg tør ikke, du – jeg tror, jeg døde af skræk, hvis de vågnede."

Tom pressede på, men Huck holdt igen; til sidst rejste Tom sig sagte op for at gå ned alene. Men det første skridt, han gjorde, fik de gamle møre brædder til at knage således, at han skrækslagen hurtig lagde sig ned igen og ikke mere vovede et nyt forsøg. De lå nu og talte minutterne og syntes, at tiden al-drig fik nogen ende, indtil de endelig til deres fryd så, at solen var i færd med at gå ned. Pludselig standsede den enes snorken dernede, og Indianer-Joe rejste sig op, så sig om, smilte spotsk af sin kammerat, hvis hoved var sunket ned på hans knæ, spar-kede til ham og sagde: „Hov! Du er ellers en net vagtmand!"

„Så, så, der er da vel ikke sket noget? Har jeg også virkelig sovet?"

„Det har du nok; men nu er det på tide at komme bort, kammerat; hvad skal vi for resten gøre med de syle, vi har tilbage?"

„Det ved jeg ikke – lade dem ligge her, som vi har gjort før. Det er ingen nytte til at slæbe omkring med dem, før vi for alvor stikker af syd på. Det er dog ikke så lige en sag at løbe om med femogtyve hundrede kroner i sølv!"

„Lad gå, men det kan jo godt vare en stund, før jeg finder en passende lejlighed til at udføre den forretning, vi har talt om; der kan ske så meget, og dette sted er ikke videre heldigt; lad os hellere grave hele stadsen ned – rigtig dybt ned."

„Den idé er jo meget god," svarede hans kammerat og gik over til den modsatte side af rummet, knælede ned på jorden, løftede en af de bageste sten på ildstedet op og trak der en pose frem, hvorfra der lød en meget sigende klang, da han satte den fra sig. Han tog nu et hundrede kroner ud af posen til sig selv og lige så mange til Indianer-Joe og langede så posen over til denne, der lå på knæ i et hjørne af rummet og gravede et hul i jorden med sin bowiekniv.

I et øjeblik havde drengene glemt al deres frygt. Med grådige blikke fulgte de enhver af røvernes bevægelser. Et sådant held overgik deres dristigste forventninger. Femogtyve hundrede kroner var nok til at gøre et halvt dusin drenge som dem så rige, som de aldrig havde drømt om. Det var skattegravning under sin allerheldigste form! Hvert øjeblik stødte de til hinanden med letforståelige puf, som om den ene ville sige til den anden: Nå, er du så ikke glad ved, at vi er her?

I dette øjeblik stødte Joes kniv mod en hård genstand. „Hallo!" sagde han.

„Hvad er det?" spurgte den anden.

„En halvrådden planke – nej, jeg tror skam, det er en kasse; hjælp mig lidt, så vil vi se, hvad den indeholder – nå, det er det samme, jeg har stødt hul i den."

Han stak nu hånden ned i kassen og tog noget ud.

„Minsæl! Det er jo mønt!"

De to mænd undersøgte nu den håndfuld mønter, som Joe havde taget frem. Det var guld. Drengene ovenfor var næsten lige så henrykte over fundet som de to røvere!

„Lad os skynde os at blive færdige med dette," sagde Joes kammerat; „der ligger en gammel rusten hakke ovre i det andet hjørne bag ved ildstedet; jeg så den før." Han løb over og tog drengenes hakke og skovl. Indianer-Joe greb hakken, betragtede den lidt mistænkelig, rystede på hovedet, mumlede noget for sig selv og begyndte derpå at hakke løs.

Kassen blev snart gravet ud; den var ikke meget stor, var beslået med jernbånd og syntes at have været meget stærk, før tidens tand havde gnavet i den. Mændene stirrede i henrykt tavshed på deres glinsende skat.

„Her er tusinder af kroner, kammerat," sagde Joe endelig.

„Man har bestandig sagt, at Murrels bande en sommer drev om her i egnen," sagde den „anden".

„Det ved jeg, og det må vel være derfra, den stammer."

„Nu behøver du vel ikke at gøre den anden forretning, vel?"

Den halvblods rynkede panden og sagde: „Du kender mig nok ikke rigtigt; i al fald er du ikke inde i den sags nærmere omstændigheder. Det er mig denne gang ikke om at stjæle alene, det er også hævn, jeg vil have," – her flammede et uheldsvarslende glimt i hans mørke øjne – „dertil behøver jeg din hjælp. Når det er besørget – så til Texas! Men gå du nu hjem til din Nancy og dit afkom og bliv blot der, til du hører fra mig."

„Nå, ja, når du synes således; men hvad skal vi gøre ved det stads der – grave det ned igen?"

„Ja (overvældende henrykkelse ovenfor); nej, ved den store ånd, nej (dyb fortvivlelse ovenfor), det havde jeg nær glemt – den hakke var der frisk jord på! (drengene nær ved at stivne af skræk). Hvordan er denne hakke og skovl kommet her? Hvem har sat dem herind – og hvor er de folk blevet af? Har du hørt noget eller set nogen? Og grave det hele ned igen og lade andre komme og opdage, at der nylig er rodet op i jorden her – nej, så dumme er vi da heller ikke! Vi tager skatten med hen i min hule."

„Ja, naturligvis, det burde jeg have tænkt på straks. Mener du nummer én?"

„Nej, nummer to – under korset. Det andet sted duer ikke – er altfor let tilgængeligt."

„Ja, rigtig nok; men det er vel snart mørkt nok til, at vi kan begive os på vej."

Indianer-Joe stod nu op og gik fra den ene vinduesåbning til den anden og kiggede forsigtigt ud deraf; så vedblev han: „Hvem kan dog for pokker have slæbt disse genstande herhen? Måske er der nogen på loftet?"

Drengene vovede knapt at ånde. Indianer-Joe greb nu sin kniv, stod et øjeblik ligesom tvivlrådig, og vendte sig derpå hurtig om mod trappen. Drengene tænkte et øjeblik på at søge tilflugt i skabet, men alt deres mod havde fuldstændig forladt dem. Allerede hørte de trappen knage under Joes trin, – den overhængende fare bragte deres lammede energi til at vågne, – men ligesom de stod i begreb med at søge hen til det frelsende skab, hørtes der et vældigt brag, og Indianer-Joe styrtede ned på jorden midt imellem ruinerne af den sønderbrudte trappe. Bandende rejste han sig snart igen, og hans kammerat sagde: „Hvad nytte var det også til? Hvis der virkelig er nogen deroppe, så lad dem bare blive der – hvorfor skal vi bryde os om det? Har de lyst til at springe ned og komme i lag med os, så siger jeg: Værsgo! Om et kvarter er det helt mørkt, lad dem så følge efter os, hvis de har lyst. Min mening er den, at de fyre, der har lagt disse sager fra sig, har set os her og antaget os for spøgelser, djævle eller sådan noget. Jeg vil bande på, at de er stukket af for længe siden."

Joe brummede noget, men var dog enig med sin kammerat i, at det var bedst at træffe forberedelser til at komme bort, inden det blev helt mørkt, og kort efter forsvandt de da med deres kostbare kasse i retning af floden.

Tom og Huck rejste sig op, endnu noget ængstelige, men tilsyneladende dog lettere om hjertet, og stirrede efter røverne gennem hullerne i taget. Skulle de følge efter dem? Nej, de var begge glade ved atter at kunne sætte fødderne på jorden uden at have brækket halsen, og begav sig uden tøven på hjemvejen, temmelig tavse, for de ærgrede sig begge over, at de i deres dumhed havde ladet deres redskaber blive liggende nede i huset. Indianer-Joe ville aldrig have fattet nogen mistanke, hvis disse redskaber ikke havde været der, han ville sikkert have gravet sit sølv og guld ned, til hans hævn var fuldbyrdet, og så bagefter ville det have været en ubehagelig overraskelse, når der intet var at finde. Hvilket uheld, at de også blev lagt der, denne forbistrede skovl og hakke!

De besluttede nu, at de i al fald ville holde godt udkig efter spanieren, hvis han atter skulle komme til byen og søge lejlighed til at udføre sine skumle hævnplaner, og følge efter ham til "Nummer to", hvor dette så end måtte være. Pludselig blev Tom grebet af en frygtelig tanke: „Hævn? Tror du, det var os, han mente dermed, Huck?"

„Lad være at sige sådant noget," svarede Huck, der var en besvimelse nær. De overvejede nu sagen nærmere og blev til sidst enige om, at det dog muligvis kunne være en anden, han havde ment; var det en af dem, måtte det vel i al fald være Tom alene, for kun han havde vidnet mod Joe. Det var dog kun en lille trøst for Tom, at han således var ene om faren – han ville ubetinget have foretrukket at have haft en kompagnon!

## 23. KAPITEL

Den følgende nat plagedes Tom af ængstende drømme, og hver gang han vågnede, stod gårsdagens eventyr for ham i al deres uhyggelige virkelighed. Et par gange troede han, at det hele kun var en ond drøm, men alt stod dog hver gang så levende for ham, at det syntes ham umuligt at kunne være drøm alene. Efter frokost besluttede han at opsøge Huck for at høre hans mening. Han fandt ham nede ved floden, hvor han sad på rælingen af en pram, sparkende med fødderne i vandet og stirrende melankolsk frem for sig. Tom var enig med sig selv om, at Huck først skulle berøre sagen; gjorde han ikke det, så måtte det hele vel blot have været en drøm.

„Hallo, Huck!"

„Selv hallo!"

Et minuts tavshed.

„Tom, havde vi blot ladet de fordømte redskaber blive liggende ved træet, så havde vi nu haft disse penge; hvor er det dog nederdrægtigt!"

„Så er det hele altså ingen drøm, men den skære virkelighed?"

„Hvad er det, der ikke er en drøm?"

„Å, den historie fra i går; jeg håbede det næsten."

„En drøm! Ja, var denne trappe ikke styrtet sammen, så ville du snart have fået at se, hvad der var drøm, og hvad der var virkelighed! Jeg har også haft nok af drømme i nat, og denne spanske djævel med øjenklapperne har været med i dem alle, gid pokker havde ham!"

„Nej, ikke nu, lad os hellere finde både ham og skatten!"

„Tom, vi finder ham aldrig. Man har kun én gang lejlighed til at gøre et sådant kup, og denne lejlighed har vi ikke benyttet."

„Jeg kunne alligevel have stor lyst til at se ham en gang

endnu og udspejde hans veje – navnlig vejen ind til hans nummer to."

„Ja, det er sandt – nummer to; jeg har tænkt meget derpå, men jeg kan ikke få noget ud deraf."

„Ja, jeg forstår det heller ikke; mon det ikke skulle være et nummer på et hus?"

„Hvor vil du hen? Nej, det er det ikke, Tom! I al fald er det ikke i denne pjalt by – her har husene jo ingen numre."

„Ja, lad mig da se, kan det ikke være nummeret på et værelse – i en kro f. eks. – er du med?"

„Ja, nu har vi det! Her er kun to kroer, så det kan vi let få undersøgt."

„Bliv du her, Huck, til jeg kommer tilbage; jeg stikker op og ser ad."

Tom skyndte sig af sted. Han brød sig ikke videre om at have Hucks selskab gennem gaderne. Han var vel borte en halv time og havde da fået opsnuset, at i "Nummer to" i den bedste af kroerne havde der længe boet en ung sagfører, som endnu boede der. I den anden, noget tarveligere kro, var "Nummer to" omgivet af et slags mystisk skær. Kroejerens unge søn fortalte ham, at værelset altid var låst af, og at han aldrig havde set døren åben undtagen om natten, og da han af og til havde set lys derinde, således f. eks. sidste nat, troede han, at det måske spøgede derinde. „Jeg tror nu, at det er det rette "Nummer to", vi er på spor efter, Huck," tilføjede han.

„Det er det måske, men hvad skal vi så stille op, Tom?"

Tom tænkte længe over sagen og sagde da: „Det skal jeg sige dig, Huck; bagdøren til nummer to fører ud til et lille lukket stræde mellem kroen og en gammel rotterede af et pakhus. Du må nu se at få fat i alle de gamle dørnøgler, som du kan opdrive, og jeg vil da negle alle tantes; den første rigtig mørke aften går vi så ud og prøver dem. Men først og fremmest må vi se at holde udkig efter Indianer-Joe; han sagde selv, at han ville liste sig ind i byen for at se lejligheden an til at fuldbyrde sin hævn. Hvis du ser ham, så følg blot efter ham, og går han så ikke ind i dette "Nummer to", så er det altså ikke det rette sted."

„Ja, du er en net kammerat! Vil du have, at jeg alene skal følge efter ham?"

„Ja, hvad så? Det er jo ved nat, Huck. Han kan ikke se dig, og om han også ser dig, så gør han sig såmænd ikke nogen tanke om, hvad du er for en fyr!"

„Ja, ja, hvis det er rigtig mørkt, skal jeg luske mig efter ham. Jeg tro'er ikke, at jeg kan – men jeg skal prøve på det."

„Du kan stole på, at dersom det var mørkt, skulle jeg nok følge efter ham, om det var mig, Huck! Det er jo ikke umuligt, at han har opgivet sine hævnplancr og går lige hen og henter pengene."

„Ja, bare han gjorde, Tom! Du skal nok få at se, hvor jeg skal følge efter ham!"

„Det var da fornuftig talt! Hæng nu bare i, Huck, jeg skal nok være der."


## 24. KAPITEL

Samme aften gik Tom og Huck altså atter på eventyr. De listede om i nærheden af kroen til klokken blev ni, idet den ene tog post ved det lille stræde og den anden ved krodøren. Men der kom ingen. Natten så ud til at blive lys og klar, hvorfor Tom gik hjem, men aftalte dog med Huck, at hvis det blev mørkt i vejret, så skulle denne komme og mjave udenfor, hvorpå Tom ville liste sig ud, og de ville da begge prøve nøglerne. Natten vedblev imidlertid at være lys, og Huck opgav derfor ved midnatstid vagten og lagde sig til hvile i en tom sukkertønde.

Tirsdag nat bragte heller intet resultat, og det samme var tilfældet onsdag nat; men torsdag aften gav bedre løfter. Tom listede sig ud i god tid med sin tantes gamle bliklygte i hånden og et stort håndklæde til at dække for lyset. Han skjulte lygten i Hucks sukkerfad, og vagten begyndte. En time før midnat blev der lukket i kroen, og lysene slukkedes. Endnu havde ingen spanier vist sig, men vejret så lovende ud. Det var blevet ganske mørkt, og stilheden blev kun afbrudt ved lyden af en fjern torden.

Tom tog lygten, tændte den inde i sukkertønden, svøbte den ind i håndklædet, og vore to eventyrere listede sig så i mørket hen til kroen. Huck blev stående som skildvagt, og Tom gik langsomt op ad strædet.

Huck stod længe og spejdede, om der ikke skulle komme et glimt fra lygtelyset; det forekom ham næsten, som om det var flere timer siden, at Tom var forsvundet – måske han allerede var død eller lå lammet et eller andet sted af skræk. I sin angst listede han sig nærmere og nærmere til strædet, da der pludselig sås en svag lysstråle, og i det samme kom Tom farende hen imod ham.

„Løb!" råbte han, „løb, hvis du har livet kært!"

Mere behøvede han ikke at sige – Huck havde allerede sat dampen op til en fart af adskillige mil i timen, før Tom kunne gentage opfordringen til at skynde sig, og drengene standsede ikke, før de nåede et forladt slagterskur i den nederste ende af landsbyen. I samme øjeblik som de nåede derind, brød uvejret løs, og regnen strømmede ned.

Så snart Tom kunne få vejret, udbrød han: „Huck, det var skrækkeligt! Jeg prøvede med to af nøglerne så forsigtig, som jeg kunne, men alligevel gjorde det et så infernalsk spektakel, at jeg næsten var nærved at falde om af skræk; de kunne heller ikke dreje låsen om. Så rørte jeg tilfældig ved dørgrebet, og da gik døren op uden videre – den var slet ikke låst! Jeg trådte så indenfor, tog håndklædet bort fra lygten og – du store cæsars ånd!"

„Hvad for noget? Hvad var det, du så, Tom?"

„Tænk, Huck, jeg var lige ved at træde på Indianer-Joes hånd!"

„Nej dog, det var du vel ikke?"

„Jo, han lå og sov på gulvet med den gamle lap over øjet og armene bredt ud til siden."'

„Ih, du forbarmende! Hvad gjorde du så? Vågnede han?"

„Nej, han rørte sig ikke af pletten; jeg tænker, at bæstet var fuld – så greb jeg håndklædet og løb ud."

„Jeg havde såmænd aldrig tænkt på noget håndklæde, det ved jeg da."

„Ja, jeg gjorde det nu, for tante ville have ærgret sig en pukkel til, hvis jeg havde kastet det bort."

„Så du noget til kassen, Tom?"

„Nej, jeg havde ikke tid til at se mig om, jeg så hverken nogen kasse eller noget kors, jeg fik kun øje på en flaske og et glas, der stod på gulvet ved siden af Joe – ja, og så var der for resten også en mængde flasker og et par ankre. Kan du så ellers regne ud, hvad det er, der spøger om natten derinde i værelset – det er whiskyen, forstår du?"

„Det er nok muligt. Men nu var der vist god lejlighed til at negle kassen, nu da Indianer-Joe er drukken?"

„Kan være – vil du prøve?"

Huck gyste. „Nej – nej, jeg vil dog helst være fri."

„Ja, ligeså hos os, Huck. Én flaske er ikke nok for Indianer-Joe; havde der endda været tre tomme hos ham, så ville det måske have været tilstrækkeligt, og da kunne man jo have forsøgt det."

De sad nu længe og overvejede sagen hver for sig, indtil endelig Tom sagde: „Hør nu en gang, Huck; det er ikke værd at gøre noget nyt forsøg, før vi er sikre på, at Indianer-Joe ikke er derinde; det er altfor farligt, ser du; men når vi holder vagt hver nat, vil vi vel nok se ham gå ud, og så går vi ind og snubber kassen!"

„Ja, lad os da det. Jeg vil gerne holde vagt hele natten, om det skulle være, ja tage hver eneste tørn, hvis du så vil påtage dig alt det øvrige."

„Det kan jeg godt. Alt hvad du har at gøre, er da at gå op ad gaden og give dig til at mjave foran huset derhjemme – og sover jeg, så kaster du blot lidt grus op på vinduet, så skal jeg være der."

„Jeg slår til! Det hele er altså klappet og klart!"

„Ja, men nu er uvejret forbi, og jeg vil hjem. Om et par timer har vi dagskæret; vil du holde vagt til den tid?"

„Det har jeg lovet dig, og jeg holder altid mine løfter; jeg skal spøge omkring den kro hver eneste nat i et halvt år, om det skulle være – sove om dagen og gå vagt om natten!"

Hvor vil du sove?"

„På Ben Rogers' høloft, det har han givet mig lov til."

„Nå, ja, hvis jeg ikke får brug for dig om dagen, kan du godt sove; men hvis du mærker noget om natten, så løb blot hurtigt om til mig og giv dig til at mjave af fuld hals!"


## 25. KAPITEL

Det første Tom fik at vide fredag morgen var, at dommer Thatchers familie var kommet tilbage aftenen i forvejen. Både Indianer-Joe og hans skat var nu glemt, og Becky optog straks alle hans tanker. Han mødte hende op ad dagen, og de tilbragte flere fornøjelige timer med at lege „skjul" og „saltebrød" med flere af deres skolekammerater. Dagen endte også på en meget tilfredsstillende måde, idet Becky overtalte sin moder til at bestemme den næste dag til afholdelsen af den meget omtalte og længe udsatte skovtur. Så vel den lille piges, som også Toms glæde var stor, da hun sagde ja. Indbydelserne blev sendt ud før solnedgang, og en stor del af landsbyens ungdom fik en feberagtig hast med at træffe forberedelser til festen.

Den nat hørtes der intet fra Huck, og hen ad kl. 10 næste formiddag var hele selskabet samlet hos dommer Thatchers og alt færdigt til opbrud. Det var ikke skik, at de ældre deltog i sådanne ture, børnene betragtedes som fuldstændig sikre under nogle unge damer og herrers varetægt. Den gamle dampfærge var blevet lejet i denne anledning, og snart kom hele den glade trup marcherende ned ad gaden, slæbende på store madkurve. Sid var syg og måtte give afkald på fornøjelsen, Mary blev derfor også hjemme for at gøre ham selskab. Det sidste fru Thatcher sagde til Becky var: „I kommer vel først sent hjem i aften. Måske det derfor er bedst, at du i nat ligger hos en af dine veninder, der bor i nærheden af landingsstedet, mit barn."

„Så bliver jeg hos Susy Harper, moder."

„Godt, men vær nu rigtig artig og opfør dig som en sød lille pige, at jeg kan have fornøjelse af dig; og nu god fornøjelse til turen!"

Mens de nu trippede af sted, sagde Tom til Becky: „Du – skal jeg sige dig, hvad vi vil gøre. I stedet for i aften at gå hen til Joe Harpers, så vil vi klatre helt op på højen og besøge enkefru Douglas. Der får vi iskager – dem har hun næsten hver dag i massevis. Og hun vil blive vældig glad ved at se os."

„Å, ja, det kan blive dejligt!"

Efter at have tænkt sig om et øjeblik, tilføjede Becky dog: „Men hvad vil mama sige?"

„Det får hun jo ikke at vide?"

Den lille smagte et øjeblik derpå, men sagde så lidt nølende: „Det er vist ikke rigtigt, men – –."

„Å, pyt? Det får din moder aldrig at vide, og hvad skulle det også gøre? Alt, hvad hun forlanger, er, at du ikke kommer noget til, og jeg vil vædde på, at hun ville have sagt: Gå bare!"

Enkefru Douglas' storartede gæstfrihed var en bekendt sag og derfor en stor fristelse for børn. Tanken herom og Toms overtalelser slog da hovedet på sømmet, og det blev bestemt, at ingen måtte udtale sig om aftenens program.

Det faldt på en gang Tom ind, at Huck måske netop den nat kunne komme og give signalet, og den tanke var lige ved at ødelægge hans glæde og få ham til at opgive den fornøjelse, han ventede sig oppe hos enkefru Douglas, og han besluttede sig derfor til at slå tanken om Indianer-Joe og kisten med skatten ud af hovedet for den dag.

Tre fjerdingvej nedenfor byen stoppede dampfærgen ved mundingen af en kanal og lagde til der. Alle de små passagerer stormede i land, og snart genlød skovene og højdedragene rundt om af vilde råb og høj latter. Man gennemgik alle de forskellige måder, hvorpå man hurtigst muligt kan blive træt og varm, og lidt efter lidt kom både røvere og soldater travende tilbage til lejren, forsynede med en glubende appetit, for at tage for sig af alle de gode sager, hvormed kurvene var fyldt. Derefter hvilede hele selskabet ud en stund, indtil endelig en stemme råbte: „Hvem går med til hulen?"

Det ville de allesammen. Der blev uddelt lys, og snart begyndte en almindelig vandring op ad højen. Indgangen til hulen lå næsten helt oppe på højens ene side. Den massive egeport stod halvåben. Indenfor denne var der et lille rum, koldt som i en iskælder, dannet af naturen i en fast kalkstensmasse, hvoraf fugtigheden sivede ud. Der var noget romantisk, hemmelighedsfuldt ved fra dette kolde sted at se ud over den grønne, solbeskinnede dal, men det formåede dog ikke at opholde børneskaren ret længe. Lysene bleve nu tændt, og under megen støj og latter begyndte selskabet at sprede sig i hulens forskellige gange. Hulen var egentlig kun en uhyre labyrint af krogede gange, der løb ud og ind, over og under hinanden, og som ingen kendte til bunds. Der fortaltes, at man kunne blive ved med at vandre derinde i dage og nætter uden at finde rede på gangene, og gå langt, langt ind i selve jordens indre uden at finde andet end stadig nye gange. Ingen kendte derfor mere end den forreste del af hulen, udenfor hvilken man sjælden vovede sig. En del af ungdommen og deriblandt Tom havde ofte før været på det kendte stykke og kunne være førere der.

Alt som tiden gik, kom børnene efterhånden alle tilbage til hulens indgang, glade og forpustede, men tilsølede på hele kroppen, dog alligevel meget henrykte over den fornøjeligt tilbragte dag, der var gået så hurtig for dem alle. Klokken på færgen havde allerede ringet til afgang en halv time, og aftenens skygger begyndte at sænke sig over skoven og floden, da færgen med selskabet dampede hjemefter.

Huck var allerede på sin natlige opdagerpost, da færgen strålende af lys gled forbi. Han hørte ingen støj ombord, for de små var trætte og udasede, og han undrede sig over, hvorfor færgen ikke lagde til ved sin sædvanlige plads, dog snart var atter hele hans opmærksomhed henvendt på, hvad der foregik i hans nærhed. Det var blevet mørkt og overtrukket; klokken blev ti, vognenes rullen hørte op, enkelte lys sås at glimte hist og her, fodgængernes antal blev færre og færre og snart var den lille by gået til ro. Klokken blev elleve, og nu blev også lysene i kroen slukket. Alt var stille; Huck ventede og lyttede, det var som en evighed for ham, men der hørtes intet. Pludselig, ligesom han var i færd med at opgive det hele, syntes han at høre en svag støj. Krodøren ud til strædet blev sagte lukket i. Han sprang hen til hjørnet af pakhuset og fik i det samme øje på to mænd, der ilede tæt forbi ham, og hvoraf den ene bar noget under armen – det måtte sikkert være kassen med pengene! De var altså i færd med at bringe deres skat bort! Hvorfor skulle han nu i grunden kalde på Tom – det ville være dumt – mændene ville jo så være forsvundet med kassen for bestandig; nej – han ville alene følge dem i hælene og stole på, at mørket hindrede dem i at opdage ham. Han sneg sig derfor så stille, han kunne, efter dem.

De gik et stykke ned ad gaden langs floden, indtil de nåede en korsvej; der bøjede de af til venstre, til de kom til en sti, som førte op ad Kardiff-højen; denne fulgte de forbi den gamle walisers hus og stadig videre opad.

„Godt," tænkte Huck, „de vil altså nedgrave skatten i det gamle stenbrud." Der standsede de imidlertid ikke, men fortsatte opad til selve toppen. Her søgte de ind på en smal sti og forsvandt i mørket mellem de høje buske. Huck skyndte sig nærmere, for her var det dem umuligt at se ham. Pludselig standsede han, han kunne ikke mere høre lyden af deres fodtrin! Du gode himmel – havde han da virkelig tabt sporet? Han ville netop til på lykke og fromme at ile videre, da han hørte nogen rømme sig kun et par alen fra ham. Huck følte sit hjerte stige op i halsen, og han rystede over hele kroppen – dog nu vidste han hvor han var – kun nogle skridt fra den låge, der førte ind til fru Douglas' ejendom!

„Så meget des bedre," tænkte han; „lad dem bare grave skatten ned her; her vil den ikke blive vanskelig at finde!"

Da hørte han en lavmælt, hæs røst – det var Indianer-Joes, der sagde: „Fordømt! Hun har vist selskab; der er lys, skønt det dog er så sent!"

„Da kan jeg ingen lys se." Det var den fremmede røst fra spøgelseshuset. Et isnende gys fór gennem Huck – det var altså den hævn, Joe havde talt om! Drengens første indskydelse var at flygte, men så faldt det ham ind, hvor god fru Douglas flere gange havde været imod ham, og at disse mænd nu åbenbart havde i sinde at myrde hende! Han ønskede, at han havde haft mod til at løbe hen og advare hende, men det var altfor farligt – de kunne liste sig over ham og gribe ham!

Så hørte han atter Joes stemme: „Det er fordi buskene står

dig i vejen; kom her hen, så skal du se."

„Ja, der må være selskab – vi må hellere opgive det."

„Opgive det – netop som vi står i begreb med for bestandig at forlade landet! Opgive det og måske aldrig mere få lejlighed til hævn! Jeg siger dig endnu en gang, jeg bryder mig ikke en døjt om hendes sager, dem kan du beholde; men hendes mand har været hård imod mig – ikke én, men mange gange – og især da han var fredsdommer og arresterede mig for løsgængeri. Og det er ikke det hele – ikke en tusindedel deraf! Han lod mig piske – lod mig piske foran fængslet som en anden neger – og det for hele byens øjne! Forstår du – piske! Nå – han undslap desværre min hævn og døde – men nu skal hun undgælde derfor!"

„Du vil dog vel ikke dræbe hende – det må du ikke – hører du?"

„Dræbe! Hvem tænker på at dræbe? Jeg ville have dræbt ham, hvis han var her, men ikke hende. Når du vil hævne Dig på en kvinde, så dræber du hende ikke – nej, det skal bare gå ud over hendes pæne udseende – man skærer hendes næsebor op – flænger hendes øren ligesom på en so!"

„Men gud, det er jo – –."

„Behold din mening hos dig selv, til du bliver spurgt, det gør du bedst i; jeg binder hende fast til sengen; hvis hun så forbløder sig, så er det ikke min skyld, jeg skal i al fald ikke græde derover. Du må hjælpe mig dermed – vær nu skikkelig og gør det – derfor er du her jo – alene kan jeg ikke gøre det; men kniber du ud, så slår jeg dig ihjel, forstår du? Og hvis jeg nu gav dig, hvad du kunne have godt af, kunne det også hænde, at hun ligeledes glemte at komme på benene igen, og så vil ingen bagefter kunne komme og fortælle, hvem der har udført denne smukke lille forretning!".

„Godt, skal det endelig gøres, så lad os tage fat straks – jo hurtigere, jo bedre – det hele er mig uhyggeligt."

„Nu – mens der er selskab? Nej, så kunne jeg jo let få mistanken rettet på dig og det har du vel ikke videre lyst til – vi venter til lysene er slukkede, det har ingen hast!"

Huck mærkede, at samtalen nu var forbi, og listede sig ganske sagte tilbage, fod for fod, indtil han var så langt borte, at de umuligt kunne høre ham. Fra det gamle stenbrud løb han, alt hvad han kunne, og nåede omsider waliserens hus. Her dundrede han af alle kræfter på døren, og kort efter viste såvel den gamle mand, som hans kone og to kraftige unge mænd, deres sønner, sig ved vinduet.

„Hvad er der i vejen? Hvem er det, der banker? Hvad vil du?"

„Luk mig ind, skynd jer! Jeg vil sige jer noget!"

„Hvem er du?"

„Huckleberry Finn – men skynd jer og luk op – lad mig blot komme ind!"

„Huck Finn – se, se – det er ellers en fyr, for hvem just ikke mange døre står åbne! Men lad ham komme ind, drenge, lad os dog høre, hvad han vil."

„Lov mig først, at I aldrig vil fortælle, hvad jeg her vil betro jer," var Hucks første ord, da han var blevet lukket ind; „ellers bliver jeg slået ihjel – men fruen deroppe har altid været så god imod mig – derfor vil jeg sige det!"

„Nå, ja – kom så frem med det," sagde den gamle mand.

Tre minutter efter ilede den gamle og hans sønner, alle vel bevæbnede, op ad højen." Huck holdt sig tilbage, da de var nået stien, og skjulte sig ængsteligt lyttende bagved en busk, mens de andre sagte listede sig videre. Efter nogen tids stilhed faldt der pludselig nogle skud, efterfulgt af et højt skrig, og nu følte Huck sig ikke fristet til nærmere at forfølge sagen, men styrtede i vild flugt ned ad højen, så hurtigt hans ben kunne bære ham!

# 26. KAPITEL

Så snart det søndag morgen begyndte at gry af dag, stavrede Huck igen op ad højen og bankede ængsteligt på den gamle walisers dør. Beboerne sov endnu efter nattens besværligheder, men det varede dog ikke længe, før et vindue blev åbnet og en stemme spurgte: „Hvem er det?"

„Vær så god at lade mig komme ind, det er blot mig, Huck Finn!" lød det sagte udenfor.

„Det er et navn, for hvilket denne dør altid står åben, nat eller dag, min dreng; du skal være velkommen!" lød det. Det var noget aldeles nyt for Huck, at blive modtaget med så venlige ord; han kunne, så længe han kunne huske tilbage, ikke erindre, at sådanne ord nogensinde tidligere var blevet anvendt overfor ham.

Døren blev straks åbnet, og snart var han inde; der blev budt ham en stol, og mens den gamle mand og hans sønner hurtigt klædte sig på, sagde den gamle: „Nå, min dreng, du er vel sulten; frokosten skal snart stå på bordet. Jeg og mine drenge havde for resten troet, at du var blevet hos os i nat."

„Nej, jeg var så gyseligt bange," sagde Huck, „da jeg hørte skuddet knalde; så gav jeg mig til at løbe og standsede ikke, før jeg næsten nåede byen. Jeg er nu kommet for at få lidt at vide om det skete, og jeg kommer ved dagens lys, for jeg er bange for at løbe på disse djævle, enten de nu er levende eller døde."

„Nej, min dreng, døde er de nu ikke, hvad der er kedeligt nok. Efter din beskrivelse vidste vi nøjagtigt, hvor vi skulle finde dem, og derfor listede vi os også på tåspidserne så nær som i en afstand af femten skridt til dem, men da fik jeg pludselig en sådan trang til at nyse, at det var mig umuligt at lade være. Dog havde jeg min pistol klar, og i det øjeblik jeg nyste, mærkede jeg også en let støj foran mig og råbte til mine drenge, at de skulle give ild; selv fyrede jeg også efter lyden, men de stak af de skurke; vi efter dem. Jeg tror ikke vi ramte dem, og de kugler, som de affyrede, da de flygtede, peb vel tæt forbi os, men gjorde ingen skade. Da vi ikke kunne høre lyden af deres flygtende skridt længere, opgav vi forfølgelsen, gik ned til byen og fik politiet purret ud. Der blev så kaldt mandskab sammen, som skulle passe på langs floden, og nu i morgenstunden vil sognefogeden med sine folk gennemsøge skovene. Jeg ville ønske, at vi havde fået et signalement af disse skurke, det ville hjælpe meget; du har vel ikke set noget nærmere til dem på grund af mørket, min dreng?"

„Jo, det har jeg rigtignok; jeg så dem tydeligt nede i byen og fulgte efter dem helt herop".

„Det er brillant! Lad os da bare høre, hvordan de ser ud – og så nøje som muligt!"

„Den ene er den gamle døvstumme spanier, der en tid har drevet om her, og den anden er en skummelt udseende, væmmelig, pjaltet – –"

„Det er tilstrækkeligt, min dreng, så kender vi dem! Stødte selv en dag på dem i skoven bag ved enkefru Douglas' hus, men da listede de straks bort; men nu af sted, drenge, og fortæl sognefogeden, hvad Huck her har fortalt, jeres frokost kan så vente til en anden gang."

Begge sønnerne gjorde sig hurtigt færdige til at gå, men inden de forlod værelset, udbrød Huck: „Sig dog endelig ikke til nogen, at det var mig, der angav dem!"

„Du burde dog have din belønning for, hvad du har gjort, Huck."

„Nej, nej, det er det samme, sig blot ikke noget!"

Imidlertid blev Huck siddende en stund hos den gamle waliser, hvem han under tavshedsløfte betroede de nærmere omstændigheder, blandt andet, at spanieren var selve Indianer-Joe i egen person, og at de begge, som han tidligere havde sagt, havde haft i sinde at bryde ind og binde og skære næse og ører af enkefru Douglas. Den gamle fortalte senere, at de om natten i skoven havde fundet en bylt, som han mente tilhørte røverne, og som disse sikkert havde kastet fra sig i flugten.

Huck spurgte ængstelig, hvad bylten indeholdt, men den gamle mand svarede: „Tyveværktøj – hvad ellers?" Hucks hjerte syntes da at blive lettet for en stor byrde, og den gamle, som lagde mærke dertil, spurgte ham, hvad han ellers havde tænkt, den havde indeholdt.

Huck blev forlegen; han følte, at den andens øjne hvilede på ham; han kunne ikke i en hast finde på et passende svar; endelig stammede han: „Søndagsskole-bøger måske!⁴

Den gamle mand gav sig til at le højt og udbrød: „Stakkels fyr, du ser så bleg og anstrengt ud, du befinder dig vist ikke vel og trænger til at hvile dig lidt."

Huck ærgrede sig ved sig selv, fordi han havde været et sådant fæ og nær forrådt sig selv, for da han jo havde hørt, hvad røverne talte om ved enkefru Douglas' låge, havde han ikke haft nogen grund til at tro, at den pakke, som røverne havde bragt med fra kroen, indeholdt kassen med skatten. Alligevel følte han sig nu helt let til mode; alt var jo gået så nogenlunde godt; skatten måtte endnu befinde sig i "Nummer to", røverne ville en skøn dag blive fanget og sat i fængsel, og han og Tom kunne da næste aften uden risiko og uden fare for at blive set tage kassen med pengene og føre den bort.

Efter frokost kom flere herrer og damer, blandt hvilke fru Douglas også befandt sig, til huset for at høre noget nærmere om nattens begivenheder. Nyheden var altså hurtigt blevet spredt rundt omkring, og waliseren måtte nu fortælle, hvad han vidste. Fru Douglas var naturligvis uhyre taknemmelig, fordi de havde frelst hendes liv, men den gamle sagde, at han og hans sønner ikke var ene om æren, de måtte dele den med en anden, som dog ikke ønskede sit navn nævnt, og – uden hans hjælp havde de for resten intet kunnet gøre!

Der var ingen søndagsskole den dag, men de fleste af landsbyens beboere var alligevel i kirke. Alle var opfyldte af interesse for nattens begivenheder, men man kunne desværre kun meddele hinanden, at der endnu ikke var fundet det mindste spor af de to røvere. Da prædikenen var endt, gik fru Thatcher hen til fru Harper og fulgte med hende ned ad kirkegulvet. I samtalens løb sagde fru Thatcher: „Det lader nok til, at min Becky vil sove hele dagen? Jeg ventede for resten nok, at hun ville være dygtig træt fra igår."

„Deres Becky?"

„Ja, blev hun ikke hos dem i nat?"

„Nej, hvad mener de dog?"

Fru Thatcher blev ligbleg og sank ned på en bænk i samme øjeblik som tante Polly, i ivrig samtale med en anden dame, gik forbi.

Tante Polly sagde godmorgen til begge damerne og bemærkede: „Jeg savner den ene af mine drenge til morgen. Han er måske blevet hos en af dem i nat, og nu er han vel bange for at komme i kirke – men jeg skal tale nærmere med ham, kan han tro!"

Fru Thatcher rystede tavs på hovedet og blev endnu blegere. „Hos os har han ikke været," sagde fru Harper.

En ængstelig spænding viste sig i tante Pollys ansigt, da hun spurgte: „Joe Harper, har du ikke set min Tom til morgen?"

„Nej, ma'am."

„Når så du ham sidst?"

Joe forsøgte at rode op i sin hukommelseskiste, men kunne ikke udtale sig bestemt. Kirkegængerne var efterhånden stimlet sammen omkring dem, og man hviskede med ængstelige miner til hinanden. De tilstedeværende børn og de få voksne blev adspurgt og var alle enige om, at hverken Tom eller Becky var blevet set på færgen, da den var på hjemvejen;

men det var jo mørkt, og ingen tænkte dengang på at spørge, om man savnede nogen. En ung mand busede til sidst ud med, at det var muligt, at de endnu befandt sig i hulen! Almindelig bestyrtelse! Fru Thatcher besvimede og tante Polly faldt hændervridende i krampegråd.

Den alarmerende formodning spredte sig med lynets hurtighed over hele byen; klokkerne ringede, og alle kom på benene. Begivenheden på Kardiff-højen tabte helt interessen; røverne blev glemt, heste blev sadlet, både bemandet, færgen beordret ud, og før der var gået en halv time, var 200 mand på vej dels ned ad floden, dels ad landevejen i retning af hulen.

Hele eftermiddagen var byen som uddød. Mange kvinder aflagde besøg hos tante Polly og hos fru Thatcher for at trøste dem. De græd sammen med dem og det var næsten bedre end mange ord. Den hele lange nat ventede man på at høre nyt, men da morgenen endelig dæmrede, var den eneste efterretning, som man fik, blot denne: „Send os flere lys og nogle levnedsmidler!" Fru Thatcher og tante Polly var begge som ude af sig selv. Herredsfogeden sendte af og til bud hjem, at man blot skulle være ved godt mod, men det trøstede ikke meget.

Den gamle waliser kom hjem ved daggry, overdryppet af stearin fra lysene, tilsølet af ler og dertil dødtræt. Han fandt endnu Huck i den ham anviste seng, hvor han lå og fantaserede i stærkt feberanfald. Byens to læger var begge med i hulen, hvorfor fru Douglas var kommet ned at se til patienten. Hun var straks villig til at gøre for ham, hvad der stod i hendes magt, og sagde, at hun ville gøre sit bedste for ham, for enten han nu var god eller slet, så var han dog en guds skabning og en sådan måtte man ikke ringeagte.

Tidligt på formiddagen begyndte nogle af de mest udmattede eftersøgere at vende tilbage til byen, men de ivrigste og mest udholdende vedblev dog eftersøgningen. Det eneste, man fik at vide, var, at hulen var blevet undersøgt så nøje, som aldrig tidligere. På et sted, langtfra den almindeligt besøgte del af hulen havde man fundet de to navne „Becky" og „Tom" skrevet med trækul på klippevæggen, og nær derved lå et stykke snavset bånd, som fru Thatcher grædende genkendte som tilhørende Becky.

Der forløb nu tre uhyggelige dage og nætter, og hele landsbyen var hensunket i stille, dyb sorg; ingen havde lyst til at foretage sig noget. Man opdagede ganske tilfældigt, at værten i afholdskroen havde spiritus på lager i sin kælder, men selv dette vakte ikke den opsigt, som det vel ellers ville have forårsaget. Huck førte i et øjeblik, da han var ved sin samling, talen hen på kroer og spurgte spagfærdigt, som frygtede han det værste, om der var blevet opdaget noget i afholdskroen i den tid, han havde været syg.

„Ja, der er," svarede fru Douglas.

Med vildtstirrende øjne fór Huck op i sengen. „Hvad, hvad var det da?"

„Brændevin – kroen er lukket; men læg dig dog, barn – hvor du dog gjorde mig bange!"

„Å, sig mig blot en ting – var det Tom Sawyer, der fandt det?"

Fru Douglas brast i gråd. „Ti stille, barn, jeg har jo sagt dig, at du ikke må tale, du er meget syg!"

Der var altså ikke blevet fundet andet end spiritus; havde det været guld ville det have vakt et anderledes halløj. Skatten var altså borte – borte for bestandig! Disse tanker arbejdede sig rundt i Hucks syge hjerne og gjorde ham omsider så træt, at han endelig faldt i søvn.

# 27. KAPITEL

Vi vil nu vende tilbage til Toms og Beckys deltagelse i skovturen. De vandrede sammen med det øvrige selskab gennem hulens mørke gange og betragtede alle de kendte steder med de løjerlige navne, som f. eks. „Dagligstuen", „Katedralkirken", „Aladdins palads" osv. Efterhånden var de kommet lidt bort fra det øvrige selskab og vandrede nu ene ind i en lang bugtet gang, hvor de med lysene højt hævet studerede de forskellige inskriptioner, navne og datoer, der var tegnet op på klippevæggenes sider, indtil de, uden at have lagt mærke dertil, var kommet ind i en del af hulen, hvor der ikke fandtes så mange inskriptioner, da den ikke var ret meget befærdet. Her skrev de deres egne navne på et passende sted og vandrede så videre frem, til de omsider traf på et lille vandløb, der dannede et fald ned over en kalkstensmur. Tom krøb ind under faldet for efter Beckys ønske at oplyse det og få vandets stråler til at glimre. Bagved faldet opdagede han en af naturen dannet stejl trappe, der var indesluttet mellem et par snævre vægge og førte nedad. At gå på opdagelse er jo altid noget for en rask dreng. Han fik Becky til at gå med sig, efter at de med osen af lyset havde sat et mærke for at kende stedet igen, og begav sig på vej ind i det ubekendte! De gik uafbrudt fremad, satte af og til et mærke på klippen, fandt mange mærkværdige steder og mange skønne klippeformationer, og forstyrrede et sted en hel sværm flagermus, der nu flagrede omkring deres lys som myg, så børnene til sidst blev nødt til at bøje om i en sidegang for at undgå, at flagermusene med deres vinger skulle slukke deres lys. Her fandt de en underjordisk sø, som strakte sig langt ind i det dunkle fjerne. Tom ville gerne have undersøgt den lidt nærmere, men først satte de sig ned for at hvile en stund. For første gang lagde de nu mærke til den dybe stilhed rundt om dem.

„Jeg ved ikke", sagde Becky, „men det synes mig, at det er forfærdelig længe siden, vi hørte noget til de andre."

„Ja, men du må også huske på, Becky, at vi er langt under dem og måske i en helt anden retning; her kan vi ikke høre dem".

„Skal vi ikke hellere se at komme tilbage, Tom?"

„Jo det er måske det bedste."

„Men kan du nu finde vejen, Tom; for mig løber det hele sammen i ét."

„Jeg tror nok jeg kan finde den, men så har vi de slemme flagermus igen; hvis de slukker vores lys, så sidder vi net i det; lad os hellere prøve en anden vej for ikke at komme forbi dem."

„Ja, bare vi ikke farer vild, det ville være skrækkeligt."

Tom drejede nu ind i en lang gang og vedblev længe at følge den, dog uden at kunne genkende nogen af omgivelserne. Hver gang, han forsøgte en ny retning, fortalte han Becky, at nu troede han bestemt at have truffet den rette, men stadig var det steder, hvor de ikke tidligere havde været, og til sidst måtte Tom bekende, at de var faret vild. Becky trykkede sig ængstelig op til ham og var ikke langt fra at græde.

Til sidst sagde hun: „Lad os ikke bryde os om flagermusene; lad os blot se at finde tilbage ad den vej, vi gik før; dette bliver jo værre og værre."

Tom standsede og afbrød den dybe stilhed med nogle høje råb, men kun et rullende ekko svarede ham fra alle sider og førtes tilbage fra de tomme gange, som lyden af en svag hånlatter. Ingen havde hørt råbene; der herskede overalt dyb stilhed, og Becky fandt det tillige altfor uhyggeligt, når Tom gentog sine råb. Så vendte de om for at gå samme vej tilbage, men de opdagede snart, at der ingen mærker var afsat – de var atter slået ind på en fejl gang!

„O, Tom, Tom, vi er fortabt – vi kommer aldrig ud af

denne skrækkelige hule – hvorfor forlod vi dog de andre?"

Hun satte sig ned og brød ud i krampegråd, så Tom blev ganske ængstelig for, at hun skulle miste forstanden; han satte sig ved siden af hende og søgte at trøste og berolige hende, mens hun klyngede sig til ham – men selv fattede han dog atter mod, og lidt efter begyndte de igen deres vandring på lykke og fromme.

Mens de således vandrede fremad, tog Tom Beckys lys og blæste det ud; det var nødvendigt at spare, de havde nu kun et lys i behold. Så vedblev de at gå og gå; til sidst var de begge så trætte, at de satte sig ned og Becky faldt snart efter i søvn. Da hun atter vågnede, var hun styrket og følte sig bedre til mode, men skammede sig dog over, at hun havde sovet, mens Tom havde våget. Så vandrede de atter af sted hånd i hånd. Omsider traf de et lille vandløb, hvor de satte sig; Tom trak noget op af lommen, og spurgte Becky, om hun ikke var sulten.

„Jo, jo!" råbte hun.

„Ved du, hvad det er jeg her har?" spurgte han.

Becky smilede næsten, da Tom kom frem med en stor sandkage.

„Å, bare den havde været dobbelt så stor, for det er alt, hvad jeg har af det, vi fik tilbage fra måltidet i skoven."

De spiste kagen og drak noget frisk vand dertil.

„Nu må vi vel helst blive her, hvor der dog er vand, for denne stump lys er den sidste, vi har. Her har vi dog noget at drikke, bliver vi ved at gå, kommer vi måske også til at savne det."

Becky græd atter, og Tom måtte trøste hende efter bedste evne.

„Tror du, at de er ude at lede efter os nu, Tom?" spurgte Becky omsider.

„Ja, det må de sikkert være, de må allerede have savnet os."

De sad nu længe tavse, fordybet i deres egne sørgelige betragtninger. Deres øjne stirrede ængsteligt på flammen af den lille stump lys og de så, hvorledes den svandt mere og mere ind, så det lille stykke tande til sidst blev alene tilbage med en lille svag flamme, der viftede frem og tilbage – steg og faldt for endelig helt at slukkes – og begge de to stakkels børn sad nu i det dybe uigennemtrængelige mørke og klyngede sig grædende til hverandre!

De sov nu en tid, ingen af dem vidste hvor længe; Tom mente, at det nu måtte være søndag – ja, måske mandag; de måtte for længe siden være blevet savnet, og nu var man uden al tvivl ude at søge efter dem.

På en gang hørte de en lyd, der lignede et fjernt råb. Tom besvarede råbet og med Becky i hånden famlede han sig frem hen ad gangen i den retning, hvorfra lyden kom. De standsede af og til og råbte, men deres råb blev dog ikke besvaret. Trøstesløse famlede de sig atter tilbage til det lille vandløb, og Tom fik den idé at undersøge nogle af de nærmeste sidegange. Han trak en dragesnor frem af lommen, gjorde den ene ende fast, og de begav sig så af sted, Tom foran, mens de rullede snoren op, eftersom de gik frem. En snes skridt længere henne endte gangen i en afsats; Tom ville dreje lidt til siden, men i dette øjeblik viste der sig en menneskelig hånd, som holdt et tændt lys, bag et klippestykke, ikke tyve alen fra dem! Tom opløftede et glædesskrig, og straks efter kom hele skikkelsen af – Indianer-Joe – frem bag klippestykket! Tom stod som lammet; han turde knap røre sig, men som løst fra trolddom kom der atter liv i ham ved i næste øjeblik at se „spanieren" hurtigst muligt tage flugten! Tom var kommet til at ryste af skræk, men indså nu, at „spanieren" ikke havde kendt ham på hans stemme, da han ellers sikkert i stedet for at tage flugten var kommet hen og slået ham ihjel som en hævn for hans udsagn mod ham i retten, og han var enig med sig selv om, at hvis han blot havde kræfter til at nå hen til den lille bæk, skulle intet mere få ham til at risikere at møde Indianer-Joe!

Børnene tilbragte nu et par skrækkelige dage og nætter. Hungeren martrede dem, og Becky lå til sidst hen i en halv sanseløs tilstand, meget medtaget og elendig – hun ønskede blot, at hun måtte blive liggende her og dø, Tom kunne jo godt endnu en gang prøve at gå ud med snoren og se, om han kunne finde vej eller træffe nogen af dem, der nu sikkert nok var ude at søge efter dem.

## 28. KAPITEL

Vi er endelig nået til tirsdag eftermiddag; tusmørket begyndte så småt at indfinde sig. Hele den lille by sørgede endnu dybt, for man havde ikke fundet de savnede børn endnu. De fleste af de søgende havde opgivet al videre eftersøgning og var vendt tilbage til deres daglige beskæftigelser, for de var overbevist om, at børnene aldrig ville blive fundet. Fru Thatcher var meget syg og lå hen i feberfantasier; der fortaltes, at det var hjerteskærende at høre hende kalde på sit barn, hæve hovedet og i minutter ligge og lytte efter, om det svarede, og derefter med et suk udmattet begrave hovedet i puderne!

Tante Polly var faldet hen i en dyb sørgmodighed; hendes hår var næsten blevet snehvidt.

Tirsdag aften gik alle i den lille by sørgmodige og dybt nedbøjede til ro. Men ved midnat blev alle igen vækket ved stærk ringning fra alle byens klokker, og et øjeblik efter var gaderne fyldt med grupper af halvpåklædte mænd og kvinder, der halv afsindige af glæde råbte og skreg: „Kom ud, kom ud! De er fundet, de er fundet"!

Man hamrede løs på bliklåg og tudede i horn, og folk strømmede alle af sted i retning af floden, hvor de genfundne børn nu kom kørende i åben vogn, der blev trukket af en jublende skare. I ét nu var vognen omringet, og med jubel og hurraråb bevægede triumftoget sig op ad byens hovedgade. Alle huse blev festligt illumineret; det faldt ingen ind at gå i seng; det var den festligste nat, som byen nogensinde havde oplevet! I en halv times tid gik der en strøm af mennesker gennem hr. Thatchers hus, hvor alle overvældede de reddede børn med spørgsmål og kys, trykkede deltagende den blege moders hænder, forsøgte at sige et par velvalgte ord, men formåede det ikke, og drev så atter af sted med glædestårer i øjnene!

Tante Pollys glæde var fuldkommen, og der manglede ikke meget i, at fru Thatchers også var det. Dennes glæde kunne dog først blive fuldstændig, når ilbudet, der var afsendt, var nået ud til den trøstesløse endnu søgende fader med den glædelige efterretning.

Tom lå på en sofa, omringet af ivrigt lyttende tilhørere, som han fortalte om sit vidunderlige eventyr, der var smykket med alle hånde virkningsfulde tilføjelser, og sluttede endelig med en beskrivelse af, hvorledes han havde forladt Becky og alene begivet sig ud på en ny opdagelsesrejse; hvorledes han forgæves havde fulgt to forskellige gange så langt, som hans snor havde tilladt ham; hvorledes han så havde prøvet en tredje gang, så langt han kunne, og netop var i færd med at vende om, da han i det fjerne fik øje på en lysende plet, der nærmest lignede dagslyset; hvorledes han så lod snoren ligge og kravlede lyset i møde, tvang sit hoved og sin skulder gennem et snævert hul og endelig så den brede Mississippi-flod rulle sine bølger lige nedenfor hans fødder. Havde det tilfældigt været nat, ville han aldrig have fået øje på det fjerne dagskær og rimeligvis aldrig være kommet ind i denne gang. Han fortalte fremdeles, hvorledes han så var kravlet tilbage til Becky og havde fortalt hende den glædelige nyhed, og hvorledes hun havde bedt ham om at forskåne hende for sin dårlige spøg, for hun var træt, vidste godt, at hun snart skulle dø og for resten heller ikke ønskede andet. Han fortalte udførligt videre, hvilken anstrengelse det havde kostet ham at overbevise hende, men hvor henrykt hun var blevet, da hun endelig var nået hen til det sted, hvor hun kunne skimte det blå klare dagslys; hvordan han havde hjulpet hende ud gennem hullet, og hvorledes hun var sunket om og havde grædt af glæde; hvorledes der var kommet folk forbi med en båd, og hvordan Tom havde prajet dem og fortalt dem deres historie, hvilken de i begyndelsen ikke ret ville tro på, „for", sagde de, „det sted, hvor I er kommet ud af hulen, ligger fem fjerdingvej nedenfor den dal, hvor hovedindgangen til hulen er, og hvor I gik ind" – hvorpå mændene da havde taget dem om bord, roet dem hen til et hus, hvor de fik mad og drikke og udhvilede sig en times tid; derpå havde folkene roet dem op til landsbyen.

Noget før daggry blev herredsfoged Thatcher og de få mænd, der endnu trofast hjalp ham med eftersøgningen i hulen, opsporet og kaldt tilbage ved hjælp af de ledesnore, som de havde rullet op bag efter sig, og den store, glædelige nyhed meddelt dem.

Men det var ikke således at forvinde tre dages sult og anstrengelse, og Tom og Becky måtte holde sengen både onsdag og torsdag og syntes ikke rigtig at ville komme til hægterne igen. Tom var dog lidt oppe om torsdagen, nede i byen om fredagen og var endelig fuldstændig rask om lørdagen, men Becky forlod ikke sit værelse før søndag og så da ud, som om hun var stået op fra et langt og svært sygeleje.

Tom havde fået at vide, at Huck var syg, og gik hen for at se til ham om fredagen, men fik ikke lov til at komme ind til ham før nogle dage senere, og da kun på betingelse af, at han ikke måtte omtale sit eventyr i hulen eller sige noget, der kunne ophidse ham. Hjemme fik Tom underretning om begivenheden på Kardiff-højen, og at en pjaltet mands lig var blevet fundet i floden nærved færgens landingssted; han var formodentlig druknet, da han forsøgte at undslippe.

Omtrent 14 dage efter Toms redning gik han atter ud for at se til Huck, der nu var blevet så rask, at han godt tålte at høre lidt pirrende nyt, og det mente Tom, at han havde en god portion af. Hr. Thatchers hus lå på vejen derop, og Tom gik derfor ind at se til Becky. Hendes fader og flere af dennes venner, som var til stede, kom i samtale med Tom, og man spurgte ham, om han kunne have lyst til en gang endnu at undersøge hulen. Tom mente: ja, hvorfor ikke – det skulle ikke genere ham, hvortil hr. Thatcher sagde: „Ja, sådan en vovehals som du er, gives der vel flere af, Tom; det tvivler jeg ikke på, men det har vi nu sat en stopper for. Ingen skal mere forvilde sig i denne hule."

„Hvorfor?"

„Fordi jeg har ladet den store egetræsdør beslå med jernplader og sat dobbelte låse for, hvortil jeg selv har nøglerne."

Tom blev ved disse ord så hvid som et lagen i ansigtet, og dommeren, som lagde mærke dertil, sagde: „Hvad går der dog af drengen? Hurtigt, bring en af jer et glas vand!"

Vandet blev bragt, og Tom blev stænket dermed.

„Så, nu er du jo en hel karl igen, ikke sandt? Men sig mig nu en gang – hvad var der i vejen med dig?"

„O, hr. Thatcher – Indianer-Joe er – inde i hulen!"


## 29. KAPITEL

I løbet af få minutter var denne nyhed spredt over hele byen, og et dusin både, fulde af folk på vejen ned til Mc Douglas-hulen, efterfulgt af færgen, der var komplet overfyldt. Tom Sawyer befandt sig i samme båd som hr. Thatcher. Da nu den tunge dør til hulen blev lukket op, viste der sig i det skumle halvmørke et uhyggeligt syn for de indtrædendes blikke. Indianer-Joe lå død udstrakt på jorden med ansigtet tæt op til dørsprækken, som om hans længselsfulde blik i sidste øjeblik var fæstet mod lyset og verdenslivet udenfor. Tom var dybt grebet ved synet, for han vidste af egen erfaring, hvad staklen havde lidt; men uagtet hans medlidenhed således var blevet vakt, rørte der sig dog tillige en overvældende følelse af lettelse og befrielse hos ham, hvilken først nu gjorde ham det klart, i hvor høj grad han havde været pint under vægten af frygt og angst lige fra den dag, da han for første gang havde aflagt sit vidnesbyrd mod denne blodtørstige morder.

Indianer-Joes kniv fandtes itubrudt ved hans side. Den svære underste bjælke i dørkarmen var med usigelig møje blevet bearbejdet med kniven og til sidst blevet snittet igennem; men det havde været spildt arbejde, for klippen dannede et naturligt leje for bjælken og mod dens hårde granit var den svage kniv brækket. De lysstumper, de besøgende efterlod, og som ellers plejede at sidde i revner og spalter i klippevæggen i forhallen, var alle borte; den indespærrede havde vel fundet og fortæret dem. Ligeledes måtte det have lykkedes ham at fange nogle flagermus, da der fandtes nogle kløer af sådanne. Den ulykkelige var bogstavelig talt død af sult. I nærheden af ham var der i århundreders løb fremkommet en drypstensdannelse, næret af den nedfaldende dråbe fra en ovenover nedhængende stalagmit. Indianer-Joe havde brudt drypstenen over og ovenpå den tilbageværende stump lagt en kalksten, som han havde uddybet lidt, for på denne måde at opfange den kostbare vanddråbe der regelmæssig en gang hver tyvende minut faldt ned, og hvormed han læskede sin fortørrede tunge. Endnu den dag i dag forevises denne sten og de nedfaldende dråber for hulens besøgende, der betragter den med højeste interesse. „Indianer-Joes bæger", som det kaldes, indtager den højeste rang blandt hulens vidundere, selv Aladdins palads kan ikke måle sig dermed.

Indianer-Joe blev begravet nær ved hulens udgang. Folk

kom strømmende til fra alle sider i miles omkreds, både sejlende og kørende, for at overvære begravelsen, da man betragtede den som en lige så interessant begivenhed, som om han var blevet hængt.

Morgenen derefter listede Tom og Huck sig hen til et afsides sted for at aftale noget vigtigt med hinanden. Huck havde hørt alt angående Toms eventyr af den gamle waliser og fru Douglas, men Tom mente, at der nok endnu var nogle mørke punkter, som han sikkert var blevet uvidende om, og som nu skulle opklares. Hucks ansigt havde et sørgmodigt, skuffet udtryk, da han sagde: „Jeg ved godt, hvad det er. Du har været inde i "Nummer to" og ikke fundet andet end whisky. Der er ingen, der har sagt mig, at det var dig, men jeg vidste straks, at det måtte have været dig, så snart jeg hørte om denne whiskyhistorie; jeg vidste også godt, at du ikke havde fået negl i pengene, fordi du da ellers på en eller anden måde havde ladet mig det vide, selv om du havde tiet dermed overfor alle andre. Nej, Tom, en anelse har altid sagt mig, at vi aldrig skulle få fingre i denne skat!"

„Men, Huck dog, jeg har aldrig sagt et ord om denne kromand. Du ved jo, at i hans kro var alt i orden den lørdag, da jeg var på skovtur. Husker du ikke mere, at du skulle holde vagt der samme nat?"

„Jo, jo; men det synes mig nu så længe siden. Det var den nat, da jeg fulgte efter Joe op til fru Douglas."

„Fulgte du efter ham?"

„Ja; men det skal du tie stille med; jeg er bange for, at Indianer-Joe endnu har nogle venner her, og jeg er ikke meget for, at de skal gå og skæve til mig og måske spille mig et eller andet puds. Havde jeg ikke været til, var skurken nu i Texas eller et andet sådant sted."

Derpå betroede Huck nu hele sit eventyr til Tom, som kun havde hørt den del omtale, som waliseren havde haft deri.

„Men", vedblev Huck, idet han kom tilbage til det vigtigste ved spørgsmålet, „den, som har taget whiskyen i "Nummer to", har også taget skatten – i al fald kan vi skyde en hvid pind efter den."

„Huck, disse penge har aldrig været i "Nummer to"."

„Hvad for noget?" – og Huck stirrede spørgende Tom i øjnene, „er du da virkelig igen kommet på spor efter skatten, Tom?"

„Huck, den er i hulen!"

Hucks øjne lyste af glæde. „Sig det en gang endnu, Tom."

„Pengene er i hulen!"

„Tom – siger du sandt, eller vil du narre mig?"

„Det er virkelig sandt – så sandt, som jeg står her. Har du lyst at gå med derhen og hente dem?"

„Om jeg har – det kan du tage gift på; det vil da sige, når vi er vis på ikke at fare vild?"

„Huck, det indestår jeg for."

„Godt! Men hvor ved du, at pengene – –."

„Hør, vent nu bare til vi kommer derhen. Hvis vi ikke finder dem, så vil jeg give dig både min tromme og alt, hvad jeg ellers ejer – det kan du stole på!"

„Nå – det er et ord; hvornår skal vi – –."

„Nu, dersom du vil. Er du stærk nok til det?"

„Er det langt ind i hulen? Jeg har jo nok været på stolperne i tre à fire dage, men jeg tror alligevel ikke, at jeg kan gå mere end en fjerdingvej."

„Der er halvanden ad den sædvanlige vej, men meget kortere ad en vej, som kun jeg kender. Jeg bringer dig frem og tilbage i en båd, uden at du behøver at røre en finger dertil."

„Nå, ja, lad os så komme af sted, Tom!"

„Ja vel, men vi må have lidt brød og kød med os, vore piber, et par poser, et par nøgler sejlgarn, nogle voksstabler og tændstikker. Jeg ville have været himmelglad, om jeg havde haft nogle af de sidste to sager, da jeg nylig sad i klemme inde i hulen."

Lidt over middag „lånte" drengene en lille båd hos en mand, der tilfældigvis ikke var hjemme, og begav sig straks på vej. Da de var komne omtrent en mil frem og var ud for hulebugten, sagde Tom: „Ser du, Huck, alle disse stejle skrænter, du ser her, er alle ens – ingen huse, ingen skov, kun små buske, men så ser du deroppe den store lyse sandflade, hvor der må være sket et jordskred; det er mit sømærke, der nedenfor går vi i land."

Kort efter landede de. „Nu skal jeg fortælle dig noget, Huck; der hvor vi nu står, kan du med din fiskestang berøre det hul, som vi krøb ud af. Prøv engang om du kan finde det."

Huck søgte overalt, men kunne intet opdage. Stolt marcherede Tom da lige ind i et tæt buskads og sagde: „Her er vi ved stedet! Se nu blot, Huck, er det ikke det nydeligste hul i hele landet, men du må holde din mund med det. I lang tid har jeg haft stor lyst til at ville være røver, og jeg kan ikke ønske mig noget bedre skjulested, da ingen vil kunne finde det. Nu har jeg fundet det, og vi vil beholde hemmeligheden for os selv; dog kan vi gerne lade Joe Harper og Ben Rogers vide det – vi må dog være en hel bande, det lyder jo storartet – ikke sandt, Huck!"

„Jo, det gør det, det er brillant. Men hvem skal vi så overfalde?"

„Å, alle! Vi passer dem op – sådan bærer man sig gerne ad!"

„Skal vi dræbe dem?"

„Nej – ikke altid – spærre dem inde i hulen, til de betaler løsepenge."

„Løsepenge – hvad er det?"

„Penge for at slippe fri igen. Man lader dem skrabe så mange sammen, som de kan, hos deres venner, og er summen, man forlanger, ikke samlet inden udløbet af en bestemt frist, så dræber man dem! Kvinderne derimod, dem spærrer man inde, men dræber dem ikke. De er altid smukke og rige, men vældig bange. Man tager deres ure og andre sager fra dem, men først efter, at man har taget hatten af for dem og været meget høflige mod dem. Ingen er så høflige som røvere, det kan du læse i enhver bog. Kvinderne bliver så forelskede i en, og når de først har opholdt sig en to-tre uger i hulen, holder de op at græde, og man kan slet ikke blive af med dem igen. Selv om man ville smide dem ud, vil de straks vende om og komme tilbage igen! Således står der i alle bøger!

„Det må være forfærdeligt storartet, Tom – meget bedre end at være sørøver."

„Ja, på en vis måde er det jo bedre, det er jo ikke så langt hjemmefra og nærmere ved cirkus og alt det andet."

Omsider havde de alting klart, og drengene krøb ind igennem hullet, Tom foran. De ravede møjsommeligt frem til den modsatte ende af den første tunnel, gjorde deres snor fast der og drog så videre. Nogle få skridt bragte dem til det lille vandløb, og Tom følte en kold gysen ved synet af dette vand. Han viste Huck stedet, hvor de med en lerklump havde klinet lysstumpen fast til væggen, og beskrev ham, hvorledes han og Becky havde set flammen blive mindre og mindre og til sidst gå helt ud.

De gik nu i en af den dybe stilhed påvirket stemning små-hviskende videre, og kom omsider til en stejl lerskrænt, hvor vejen førte nedefter. Det gik vel en ti til femten alen nedad.

Tom hviskede nu til Huck: „Nu skal jeg vise dig noget." Han holdt voksstablen højt i vejret og vedblev: „Bøj dig frem-ad, og se engang så langt omkring det hjørne, som du kan. Ser du noget? Der på den store klippeblok hist ovre – malet med sod?"

„Tom, det er et *kors.*"

„Nå; og hvor skulle så "Nummer to" være? *Under Korset,* ikke sandt? Der var det netop, at jeg så Indianer-Joe stå med lyset i sin løftede hånd!"

Huck stirrede på det mystiske tegn og sagde med skælvende stemme: „Tom, lad os skynde os at komme bort herfra igen."

„Hvad for noget – og så lade skatten blive her?"

„Ja, lad den bare ligge. Indianer-Joes ånd spøger sikkert her omkring."

„Nej, nej, Huck, ikke her. Den ville snarere vise sig på det sted, hvor han døde – langt borte herfra ved indgangen til hulen."

„Nej, Tom, det tror jeg ikke; den spøger der, hvor pengene er. Jeg ved godt, hvordan ånder bærer sig ad, og det ved du vel også."

Tom begyndte at frygte for, at Huck måske alligevel havde ret; bange anelser rørte sig hos ham, men omsider faldt der ham noget ind. „Hør en gang, Huck," sagde han, „vi er egentlig et par store tosser. Indianer-Joes ånd kan da aldrig spøge på et sted, hvor der står et kors."

Det slog hovedet på sømmet. „Tom, det tænkte jeg slet ikke på, nej, det kan den naturligvis ikke. Hvilket held for os, at korset er der, så kan vi vist godt klatre ned og se at finde kassen."

Tom gik foran, skrabede sig fodfæste i den lerede jord efter som han steg ned, og Huck fulgte efter. Der førte fire gange ud fra den lille hule, i hvilken klippeblokken stod. De tre blev undersøgt uden resultat. De fandt nogle gamle tæpper, et par bukseseler, noget flæskesvær og et par afgnavede ben, men ingen kasse med penge. Drengene søgte derpå videre, men forgæves.

Da syntes der at gå noget op for Tom, for han bemærkede: „Indianer-Joe sagde: *under* korset; det må jo så være lige her i nærheden, for det kan da ikke være i klippens stenbund. Hvorledes finder vi dog stedet?"

Atter søgte de overalt og satte sig til sidst trætte ned. På en gang sprang Tom op og sagde: "Se en gang, Huck, her er fodtrin og stearinpletter i leret på denne side klippen – intet på de andre sider; det må dog have en grund. Det viser sig nok til sidst, at pengene alligevel ligger *under* klippen; lad os prøve at grave ned i leret."

"Det er vist en brillant idé, Tom," svarede Huck oprømt.

Toms „ægte barlow"-kniv var øjeblikkelig i arbejde, og han havde kun gravet fire tommer ned, da spidsen stødte mod noget træ.

"Hallo, Huck! Kan du høre?"

Huck begyndte nu også at blive ivrig og kradsede ned i jorden, og det varede heller ikke længe, før de havde afdækket nogle brædder og fået disse fjernet. Brædderne havde skjult en naturlig kløft, der førte ind under klippen. Tom kravlede ned i den og holdt sit lys så langt frem som muligt, men kunne ikke opdage, hvor den hørte op. Han krøb derfor sammenbøjet videre, efterfulgt af Huck. Den smalle kløft skrånede let nedefter og bugtede sig snart til højre, snart til venstre. Endelig bøjede Tom om et skarpt hjørne og råbte til Huck: „Skynd dig! Kom! Se en gang her Huck!"

Ja, der lå virkelig den kostbare kasse i en lille hulning i klippen; ved siden af den et tomt krudthorn, et par geværer i læderfoderaler, to eller tre par gamle mokkasiner, et læderbælte og nogle andre gamle sager, alt sammen gennemtrængt af det neddryppende vand.

"Endelig fik vi den da!" udbrød Huck glædestrålende og rodede rundt mellem de funklende mønter; „nu må vi da være rige, Tom!"

"Jeg har nu altid været sikker på, Huck, at vi nok en gang skulle få fat i dem. Her er da syn for sagen! Men lad os nu ikke længere gå og spilde tiden her, men se at få kassen ud; mon vi kan løfte den?"

Den vejede vel omtrent femogtyve kilo; Tom kunne kun med møje løfte den, men om at få den bort kunne der ikke være tale. „Jeg tænkte det nok," sagde han, „jeg lagde godt mærke til at den syntes at falde de karle noget tung den dag i spøgelseshuset. Det er da heldigt, at jeg har taget de små poser med hertil."

Pengene blev nu hurtigt lagt i poserne, og drengene bar dem op i kløftens åbning.

„Skal vi ikke have geværerne og de andre sager med?" spurgte Huck.

„Nej, dem lader vi ligge her. Dem har vi netop brug for, når vi skal være røvere. De skal blive her, og her vil vi holde vore orgier – det er et ganske storartet sted at holde orgier på!"

„Hvad er orgier for noget?"

„Ja, hvad er det; men røvere holder nu altid orgier, og så må vi naturligvis også. Men lad os nu komme af sted, Huck, nu har vi været her længe nok, det er sent på dagen, og jeg er også dygtigt sulten. Når vi kommer ned i båden, vil vi spise og ryge os en pibe."

Det varede heller ikke længe, før de kom til syne mellem buskene, så sig forsigtigt omkring, og da alt syntes roligt, gik de ned til deres fartøj, spiste, røg deres pibe, og da solen var i færd med at gå ned, stødte de fra land og roede under munter samtale hjemefter, hvor de landede kort efter at det var blevet mørkt.

Tom sagde da til Huck: „Nu vil vi gemme pengene oppe på loftet i fru Douglas' brændeskur; jeg vil så komme derop i morgen tidlig og vi vil da tælle og dele vor skat og finde et sted ude i skoven, hvor vi kan gemme den. Bliv nu roligt her og pas på sylene, mens jeg går hen og henter Benny Taylors lille trækvogn; jeg skal straks være her igen."

Derpå forsvandt han, men kom hurtigt igen tilbage med vognen. Poserne blev læsset på denne, dækket til med nogle gamle laser, og drengene trak af sted med den. Da de kom til waliserens hus, standsede de for at hvile sig et øjeblik. Men da de atter ville gå videre, kom den gamle netop ud og råbte: „Halløj – hvem der?"

„Huck og Tom Sawyer."

„Nå, ja, kom så ind med mig, drenge, I bliver ventet med længsel; hæng bare flinkt i, jeg skal hjælpe jer at trække vognen. Død og pine, den er skam tungere, end jeg antog; er det mursten eller gammelt jern?"

„Gammelt metal", svarede Tom tørt.

„Det tænkte jeg nok; drengene her i byen gør sig altid mere ulejlighed og spilder mere tid med at søge efter gamle stumper jern og få et par øre derfor på støberiet, end de ville bruge til et ordentligt arbejde med større fortjeneste. Nå – men det er jo menneskeligt. Og nu rask og lad os komme af sted!"

Drengene spurgte, hvorfor det hastede så stærkt.

„Bryd jer ikke om det; det skal I nok få at vide, når vi når op til fru Douglas."

Huck, der var vant til at blive beskyldt for alt muligt, sagde frygtsomt: „Hr. Jones, vi har ikke gjort noget som helst!"

Den gamle lo. „Ja, ja, det kender jeg ikke noget til, min dreng. Er du og fru Douglas da ikke gode venner?"

„Jo, hun har altid været god imod mig".

„Så er der jo ikke noget i vejen. Hvad er du da bange for?"

Spørgsmålet var ikke blevet tilstrækkeligt overvejet i Hucks lidt langsomme tankeekspedition, før han følte sig skubbet ind sammen med Tom i fru Douglas' spisestue. Jones lod trækvognen stå udenfor og fulgte med ind.

Herinde strålede alt i festlig belysning, og alle, der hørte til det gode selskab nede i byen, var til stede. Der var Thatchers, Harpers, Rogers, tante Polly med Sid og Mary, præsten, redaktøren og mange flere, alle i deres fineste puds. Fru Douglas modtog drengene så hjerteligt, som man overhovedet kunne modtage sådan et par fyre i den tilstand, de nu var i, ligefrem oversmurte med ler og stearinpletter. Tante Polly blev højrød i ansigtet af vrede og så med et gnistrende blik på Tom, mens hun rystede på hovedet ad ham. Men ingen led dog så meget som drengene selv.

Hr. Jones fortalte: „Tom var ikke hjemme, men jeg traf både ham og Huck uden for min dør og tog dem med mig herop ligesom de gik og stod!"

„Og det gjorde de ret i", sagde enkefruen, „kom nu med mig, drenge."

Hun førte dem da op til et gæsteværelse og sagde: „Vask jer nu og klæd jer på; her er to sæt nye klæder med alt tilbehør til jer. – Nej, ingen tak. – Jeg har selv købt det ene, hr. Jones det andet sæt tøj, og det passer jer nok. Kom så ned i stuen, når I har pyntet jer." Dermed gik hun.

## 30. KAPITEL

Næppe var hun ude af døren før Huck udbrød: „Tom, vi kan let stikke af, når vi blot kan finde en stump reb. Vinduet er ikke langt fra jorden."

„Sludder! Hvorfor skal vi stikke af?"

„Å, jeg er ikke vant til at være i et så fint selskab; jeg holder det ikke ud – jeg siger dig, jeg går ikke derned, Tom!"

„Snak om en ting! Jeg er såmænd ligeglad; kom du blot med, jeg skal nok tage mig af dig!"

Sid kom nu op til dem. „Tom," sagde han, „Tante har ventet på dig hele eftermiddagen. Mary havde lagt dit søndagstøj til rette, og allesammen har de spurgt efter dig. Hvorfra har du dog fået alt det ler og stearin på dine klæder?"

„Hør, lille Siddy, pas du hellere dine egne sager. Men sig mig, hvad betyder egentlig al denne halløj?"

„Det er et af de selskaber, som fru Douglas holder en gang imellem. Denne gang er det i anledning af, at waliseren, hr. Jones, og hans sønner hjalp hende ud af den klemme, hun nær var kommet i forleden nat. Og hør nu blot – jeg kan fortælle dig noget, hvis du har lyst at høre."

„Kom bare med det."

„Gamle Jones vil overraske selskabet med en hemmelighed, men de ved nok alle allerede, hvad det er. Endog fru Douglas selv, skønt hun lader som ingenting. Han har været svært på tæerne for at få Huck herop i aften, da han ellers ikke mente, der var nogen bund i hemmeligheden."

„Hvad er det for en hemmelighed?"

„Om hvorledes Huck fulgte efter røverne helt op til fruens hus. Hr. Jones vil nu gøre et forfærdeligt stort nummer ud af det, men jeg antager, at det hele vil blive noget vandet." Sid lo tilfreds ved sig selv.

Hør, Sid, er det dig, der har plapret dette ud?"

„Lige meget, hvem det er – nogen har sagt det –det er tilstrækkeligt!"

„Sid, der er kun én fyr i hele byen, der kan være lav nok til at gøre det, og det er dig. Hvis du havde været i Hucks sted, ville du sikkert have listet dig ned ad højen og aldrig talt et ord om nogen røvere. Du kan ikke foretage dig noget, uden hvad der er simpelt, og du kan ikke tåle, at nogen bliver rost, når de har udført noget kækt og rosværdigt. Der – har du den – og ingen tak, som fru Douglas før sagde" – og Tom drev Sid en på øret og sendte ham ud af døren med et spark – „nu kan du gå og fortælle tante det, hvis du har lyst – så skal du få mere i morgen!"

Nogle minutter senere sad alle fru Douglas' gæster til bords og et dusin børn blev placeret ved små sideborde i samme værelse, som det var skik og brug den gang. Hr. Jones holdt sin tale, hvori han takkede fruen for den ære, hun havde vist ham og hans sønner, men der var endnu en person til stede, hvis beskedenhed – osv. osv. Nu fulgte åbenbaringen af den store hemmelighed, nemlig hvilken stor andel Huck havde haft i sagens lykkelige udfald. Og dette blev fremstillet på den mest dramatiske måde. Men den ventede overraskelse over afsløringen syntes dog noget kunstig og langtfra så overvældende, som den kunne have været under heldigere omstændigheder. Fru Douglas selv forstod dog at vise en passende forbavselse og overvældede Huck med et sådant overmål af tak og ros, at han helt glemte, hvor ulykkelig han følte sig i de nye klæder, for den endnu større ubehagelighed at blive sat frem på en præsenterbakke til almindelig beskuelse for alle og enhver!

Fru Douglas meddelte nu, at hun havde tænkt på at optage Huck i sit hjem, bekoste hans opdragelse og senere, så snart hun formåede det, at hjælpe ham ind i en stilling. Dette gav imidlertid Tom anledning til følgende bemærkning: „Huck behøver det slet ikke, Huck er rig nok!"

Kun den tvang, som god tone pålagde selskabet, var i stand til at tilbageholde et vældigt latterudbrud over denne tilsyneladende gode vittighed, men den almindelige tavshed virkede dog trykkende. Tom afbrød den dog snart: „Huck er rig, siger jeg; han har penge; måske De ikke rigtig vil tro derpå, men han har dem i massevis. Ja, le blot ikke – jeg kan bevise, hvad jeg siger – vent blot et øjeblik" – dermed løb han ud af stuen.

Hele selskabet stirrede først på hinanden i højeste forbavselse og så derefter spørgende hen på Huck, som sad ganske tavs.

„Sid, hvad er det, Tom har for?" spurgte tante Polly ængstelig, „han – man kan da aldrig blive klog på den knægt; jeg – –," men i det samme kom Tom ind igen, bøjet under vægten af sine pengeposer, og tante Polly måtte opgive at fuldføre den påbegyndte sætning. Tom hældte derpå en bunke af de gule mønter ud på bordet og sagde triumferende: „Her – nå, hvad sagde jeg! Halvdelen er Hucks og halvdelen min!"

Hele forsamlingen stirrede målløse med vidt åbnede øjne på alt det glinsende guld. I næste øjeblik kom dog fra alle sider højlydte anmodninger om nærmere forklaring. Tom fortalte da sin historie, og den var lang, men dog så interessant, at det åndeløst lyttende selskab kun af og til afbrød ham med korte spørgsmål. Da Tom endelig var færdig, udbrød hr. Jones: „Det var min mening, at jeg ville have beredt selskabet en lille overraskelse, men jeg er nu blevet fuldstændig overfløjet!"

Pengene blev derefter talt. Det hele udgjorde en sum på henimod 50.000 kroner. Det var mere end nogen af de tilstedeværende nogensinde havde set på en gang, skønt enkelte naturligvis ejede langt mere i grundejendomme.

## 31. KAPITEL

Som man kan forstå, vakte Toms og Hucks uventede rigdom stor opsigt i den lille landsby Petersburg. En sådan kæmpesum i lutter guldmønt syntes de gode borgere næsten utrolig. Man talte ikke om andet, tænkte ikke på andet, og ethvert hus i Petersburg og dens omegn, hvor man mente at „det spøgede", blev så at sige kemisk undersøgt fra kvist til kælder, sten for sten, planke for planke, for om muligt at finde skjulte skatte, og det ikke alene af drenge, men også af voksne mænd – alvorlige, fornuftige mænd! En fuldstændig skattegraver-mani var brudt ud og truede med at forvirre hjernen på adskillige af byens gode borgere. Hvor Tom og Huck viste sig, blev de lykønsket, beundret og overbegloet! Drengene havde aldrig før mærket noget til, at der blev taget noget hensyn til deres meninger, men nu blev enhver af deres udtalelser højt skattet som udslag af den højeste visdom og blev ærefrygtsfuldt gentaget i det uendelige. Alt, hvad de gjorde, blev betragtet som noget beundringsværdigt, de havde øjensynligt fuldstændig tabt evnen til at sige eller udføre noget dagligdags eller ubetydeligt; ja, deres tidligere livs historie blev gennemgået, og man fandt snart deri tydelige tegn på deres fremragende begavelse. I landsbyens avis fremkom der udtømmende biografiske skildringer om drengene.

Enkefru Douglas satte Hucks penge ud på rente til seks pct. Og hr. Thatcher gjorde efter tante Pollys ønske det samme ved Toms. Begge de „unge herrer" havde nu hver en årlig indtægt, der ligefrem var glimrende – henimod fire kroner hver dag hele året igennem. Det var omtrent det samme som Præsten havde – det vil sige det, der var lovet ham – men i reglen fik han ikke så meget ud af det!

Hr. Thatcher havde fået en meget høj mening om Tom. Han udtalte, at en ganske almindelig dreng aldrig ville have kunnet redde hans datter ud af hulen; og da Becky engang i dybeste fortrolighed fortalte sin fader, hvorledes Tom i skolen selv havde taget de prygl, som hun havde fortjent, var hr. Thatcher blevet synlig bevæget; og da hun derefter bad om tilgivelse for den kæmpeløgn, som hendes ædle ven havde afleveret for at vælte denne tugtelse fra hendes rygstykker over på sine egne, erklærede dommeren følelsesfuldt, at det havde været en ædel, velanbragt og høj hjertet løgn – en løgn, der berettigede en til at bære hovedet højt og glimre i historien. Side om side med Georg Washingtons berømte krigsbedrifter. Becky tænkte ved sig selv, at hendes fader aldrig var forekommet hende så stor og stolt, som da han udtalte disse ord! Hun løb straks hen og fortalte Tom det hele.

Herredsfoged Thatcher havde det stille håb en gang at se Tom som en stor jurist eller en tapper general. Han påtog sig derfor at sørge for, at Tom først kom ind på den militære højskole og senere blev uddannet som jurist, så kunne han bagefter vælge hvilken karriere, han ville, eller måske dem begge.

Huck Finns rigdom i forbindelse med den højtansete fru Douglas' protektion indførte ham hurtig i det gode selskab – nej, slæbte ham eller rettere kastede ham hovedkuls ind i det; – og de lidelser, han i den anledning måtte udstå, var næsten mere, end han kunne bære! Fruens tjenestepiger holdt ham ren og ordentlig, vaskede, kæmmede og børstede ham daglig og lod ham hver aften uden medlidenhed gå til sengs imellem to rene lagener, der ikke engang havde det mindste hul eller smudsplet, som han kunne trykke til sit hjerte og genkende som en gammel trofast ven! Han måtte spise med kniv og gaffel, benytte lommetørklæde, kop og tallerken; han skulle tale et sprog uden saft og kraft, som forekom ham selv forfærdeligt dumt og naragtigt; hvor han end vendte sig, så slog civilisationens lænker deres arme om ham og bandt ham både på hænder og fødder!

I samfulde tre uger bar han sine pinsler med en martyrs heltemod, men en dag var – Huck borte! I et par døgn lod enkefru Douglas ham eftersøge overalt, og deltagelsen i hendes ængstelse for hans skæbne var stor hos alle. Man søgte hid og dig og alle mulige steder, der blev endogså draget vod i floden for at finde hans lig.

Tidlig om morgenen på den tredje dag begav Tom Sawyer sig i al stilhed hen til nogle gamle sukkertønder, der lå bagved det ubenyttede, halvt forfaldne slagterhus – og i en af dem fandt han flygtningen! Huck havde sovet her; han var netop blevet færdig med sin frokost, der havde bestået af forskellige sager, som han havde stjålet et eller andet sted, og lå nu nok så behagelig og røg sin pibe. Han var hverken vasket eller redt og havde alle de gamle pjalter på, der øvede en så malerisk tiltrækning på ham fra hine dage, da han endnu var lykkelig.

Tom fik ham snart vakt op af hans betragtninger, fortalte ham om al den ængstelse, han havde forårsaget og opfordrede ham til straks at følge med hjem. Hucks ansigt tabte øjeblikkelig sit rolige, veltilfredse udtryk, og der bredte sig et melankolsk præg over hans træk.

„Tal ikke til mig om det, Tom. Jeg har forsøgt det, men det gik ikke – det ville aldrig gå, Tom! Det er ikke noget for mig; jeg er ikke vant til sådan noget. Fruen er god og venlig mod mig, men jeg kan ikke finde mig i det liv. Hun kalder på mig til bestemt klokkeslæt hver morgen; så vasker og skrubber de mig, så skummet sprøjter omkring, og reder og kæmmer mig, så jeg bliver helt tummelumsk; hun tillader mig ikke at sove i brændeskuret, og jeg skal trække i disse ækle klæder, som er nærved at kvæle mig, Tom – det er som om der ingen luft kan komme ind igennem dem; de er så nederdrægtigt fine og pæne, at jeg hverken kan sætte eller lægge mig ned, endnu mindre rulle mig rundt i dem; jeg kan snart ikke huske mere, hvor længe det er, siden jeg har rutsjet ned af en kælderhals – det forekommer mig, at det er flere år siden! Og så skal jeg gå i kirke og sidde der stiv og strunk – og så disse lange prædikener! Ikke engang en flue tør man fange derinde, og hele søndagen skal jeg beholde mine sko på! Fruen spiser på klokkeslæt, går i seng på klokkeslæt, står op på klokkeslæt – alting går så væmmeligt efter en snor, at en fyr som jeg ikke kan holde det ud!"

„Men sådan gør jo alle mennesker, Huck."

„Jeg er ligeglad, Tom; jeg er ikke „alle mennesker", og jeg kan nu ikke udholde det! Det er slaveri således at være bundet. Og al maden kommer omtrent af sig selv – så bryder jeg mig ikke om mad! Jeg skal bede om tilladelse til at gå ud at fiske, bede om at gå i vandet – jeg vil være et bæst, om jeg ikke skal bede om tilladelse til enhver smule. Og så skal jeg tale så dannet, at jeg er lige ved at få kvalme af det; havde jeg ikke hver dag gået op på loftet og givet mit hjerte luft i et par kraftudtryk for at få den flove smag af munden – så var jeg død, Tom! Fruen vil heller ikke have, at jeg ryger, jeg må ikke engang fløjte eller gabe eller strække mig eller klø mig i hovedet, når der er folk til stede. Og så beder hun hele dagen igennem! Jeg har aldrig i mine dage set et sådant kvindemenneske! Jeg måtte stikke af, Tom – jeg var nødt til det! Og så kan du være vis på, at når nu skolen begynder, så skulle jeg naturligvis gå der, det ville da helt have ødelagt mit liv! Ved du hvad ,Tom! Det at være rig er ikke, hvad man bilder sig ind; det er bare plager og ærgrelser, slæb og slid, og man ønsker bare at dø væk fra det hele! Nej, i disse klæder og i denne tønde befinder jeg mig vel, og intet skal få mig til at skille mig ved dem! Tom, jeg havde aldrig indladt mig på alt dette vanvid, når det ikke havde været for disse penges skyld; men ved du hvad! Tag du også min part og giv mig blot en tiøre en gang imellem – ikke for ofte, for jeg vil ikke give en døjt for noget, som det ikke koster anstrengelse at få fat i – og så – må du gå hen til fru Douglas og bede hende, om jeg må slippe fri for at være der."

„Nej, Huck, du kan da nok begribe, at jeg ikke vil tage dine penge – det ville være lumpent, og du kan desuden være vis på, at når du bare har prøvet det nye liv en lille tid endnu, så vil du nok komme til at holde af det."

„Holde af det? Ja, på samme måde som jeg holder af en gloende kakkelovn, når jeg har siddet tilstrækkeligt længe på den! Nej, Tom, jeg vil ikke være rig, og jeg vil ikke bo i disse ækle, indelukkede huse. Jeg holder af skoven, floden og en tom sukkertønde, og dem vil jeg holde mig til! Pokker stå også i det! Ligesom vi nu har fået os en hule og nogle bøsser, og alt var så nydeligt lavet i stand til at være røvere, så kommer disse dumme narrestreger og spolerer det hele."

Tom benyttede her lejligheden til at sige: „Jeg vil da blot lade dig vide, Huck, at fordi jeg er blevet rig, derfor har jeg ikke opgivet at blive røver!"

„Hvad for noget? Er det virkelig dit ramme alvor, Tom?"

„Det er ligeså sikkert som jeg sidder her. Men du forstår jo nok, Huck, vi kan ikke optage dig i banden, når du ikke er en forholdsvis respektabel fyr!"

Hucks glæde syntes at tage af. „Kan I ikke optage mig, Tom? Lod du mig da ikke gå med som sørøver?"

„Jo, men der er stor forskel. En røver bliver der set meget mere op til end til en sørøver – det er da bekendt nok! I de fleste lande hører de endog til de adelige – grever, baroner, hertuger og sådanne –."

„Hør, Tom, du har jo altid været min ven, ikke? Nu vil du da ikke støde mig bort, vel, Tom? Vil du vel?"

„Huck, det hverken kan eller vil jeg, men hvad vil folk sige? De vil rynke på næsen og sige: Pyt – Tom Sawyers bande! Der er nogle nette fyre imellem! Og dermed ville de mene dig, Huck, og det ville hverken du eller jeg holde af!"

Huck tav i nogen tid, mens han kæmpede en hård kamp med sig selv. Endelig sagde han: „Godt! Jeg vil da tage tilbage til fru Douglas en månedstid, spænde mig i selen og forsøge, om jeg kan holde det ud; men så skal du også optage mig som medlem af din bande, Tom".

„Ja vel – det er et ord, Huck! Kom så med straks, gamle fyr; jeg vil da spørge fruen, om hun ikke vil tage det lidt med ro."

„Vil du, vil du virkelig, Tom – det var dejligt! Dersom hun blot vil hale lidt i land på nogle af de værste punkter og lade mig ryge lidt i smug og stå på hovedet eller gå på bare ben – så går det måske. Men hvornår har du tænkt dig at samle banden og begynde at være røver?"

„Å, snarest muligt. Vi vil kalde drengene sammen og måske foretage indvielsen i nat."

„Foretage, hvad for noget?"

„Indvielsen."

„Hvad er det?"

„Det er en højtidelig handling, hvor vi binder os til at stå last og brast med hinanden, aldrig røbe bandens hemmeligheder, selv om man bliver hakket til plukfisk, og at dræbe enhver, samt hele hans slægt, der nogensinde forråder en af banden."

„Det er storartet, Tom – det er aldeles storartet, synes jeg!"

„Ja, det mener jeg med. Og selve indvielsen, den skal helst foregå ved midnatstid på det ensomste og uhyggeligste sted, vi kan finde – et hus, hvori det spøger, var egentlig det bedste, men de er jo nu allesammen revet ned."

„Ja, midnatstiden er i al fald den bedste, Tom."

„Ja, vel er den det. Og så skal vi aflægge løftet over en ligkiste og bevidne det med vor egenhændige underskrift, skrevet med blod!"

„Ja, det er der da noget ved! Det er tusinde gange mere sjovt end at være sørøver! Jeg skal hænge ved enkefru Douglas, lige til jeg rådner, Tom, og hvis jeg bliver et rigtigt pragteksemplar af en røver, som hele verden taler om, så tænker jeg, at hun vil blive glad og stolt over, at det var hende, der havde bragt mig på bedre tanker!"